Sophie von Maltzahn

Liebe in Lourdes

Sophie von
Maltzahn

Liebe in Lourdes

Roman

Kiepenheuer
& Witsch

Einführungsveranstaltung

Der Reiseleiter, den man hier Zugchef nennt, sitzt mit seiner Partnerin an einem Tisch vorm versammelten Team und zählt Regeln auf, die für die Pilger in der nächsten Woche wichtig werden. Dazu gehört, dass keiner den Dresscode verletzt, schwarze Schuhe sind auf dieser Wallfahrt ein Muss. Einer stöhnt auf, weil er nur braune mithat.

»Das ist schlecht, denn in Lourdes sind wir das Aushängeschild des Ordens, deshalb zeigt euch bitte mit besten Manieren. Wenn man zum Beispiel den lieben Tanten begegnet, dann springt ihr auf und gebt Handkuss und bietet selbstverständlich euren Stuhl an, das gilt insbesondere für die Herren.«

Handkuss bei jeder Gelegenheit, notiert sich Kassandra schmunzelnd.

»Die Herren«, sagt der Zugchef, »tragen bitte jeden Tag Krawatte und die Damen ausschließlich flache Schuhe und keine Pumps.«

Wie auf ein Stichwort übernimmt jetzt die Zugchefin und schenkt ihrem Partner ein bezirzendes Lächeln. »Im Zug sind Turnschuhe noch erlaubt, danach aber nicht mehr. Wir laufen nämlich gleich am ersten Tag bei der Sakramentsprozession mit, und ihr werdet bis zum Abend nicht an euer Hotelgepäck kommen. Deshalb ein Tipp: Packt die Guten am besten ganz oben ins Gepäck, damit ihr leicht drankommt.«

Sie zieht den imaginären Reißverschluss einer imaginären Tasche auf und legt Schuhe obendrauf, damit alle wissen, wie man das macht.

»Also denkt dran«, sagt sie ernst. »Nachdem wir aus dem Zug gestiegen sind, will ich keine Turnschuhe mehr sehen.«

Kassandra will ihr überflüssig erscheinendes Notizbuch schon wegpacken, aber die Reiseleiterin ist noch nicht fertig.

»Die Haare der Damen müssen unter der Haube verschwinden«, sagt sie und greift sich an den Kopf, »und in einem Dutt zusammengebunden werden. Ich weiß, ich bin damit in den letzten Jahren nicht so streng gewesen. Deshalb noch mal die klare Ansage an alle: Die Haare dürfen nicht so loreleymäßig …« – Magdalena fährt sich mit beiden Händen über die Fläche ihres Oberkörpers, die lange Loreley-Haare bedecken würden – »ich weiß, es schaut wunderschön aus, aber wir sind in Lourdes, und da gehört sich das nun wirklich nicht. Also haltet euch bitte daran!«

mind streaming

(1) Jetzt fängt dieser Blödsinn wieder an! Es hat die letzten Jahre auch keinen interessiert, wie viele Haare rausschauen.

(2) Den praktischen Nutzen des Häubchens hat sie nicht mal erwähnt!

(3) Wie Magda gerade die Loreley nachgemacht hat – she's so sexy and she knows it.

Vor das Pilgerteam aus gut fünfzig, sechzig Leuten tritt nun eine Dame mit dem Charisma einer ostelbischen Gräfin, bei der man sich sofort vorstellen kann, wie sie einen Treck übers zugefrorene Haff anführt. Sie trägt einen roten Rock und einen rot karierten Blazer aus Sommerleinen. Ihr Blick ist streng und unerbittlich. Jetzt wird's ernst, denkt Kassandra.

Es werden Zettel verteilt, einer für jede*n. Darauf stehen die Adresse, die Telefonnummer, Faxnummer, Pieper und die E-Mail eines offiziellen Präventionsbeauftragten sowie alle Kontaktdaten der sich ihnen eben als Lourdes-Kommissarin vorgestellten Gräfin.

Sie sei hier, um ein wichtiges Thema anzusprechen. Es gehe um den Paragrafen 177: »Übergriffe und Missbrauch«.

Als sie anfängt zu sprechen, wird Kassandra skeptisch. Das Thema »Übergriffe« findet sie natürlich relevant, aber auf einer Pilgerfahrt mit behinderten Kindern, zu einem Ort, wo die Maria erschienen ist, erstaunt es sie doch. Sie hebt den Arm. Die Kommissarin schaut Kassandra irritiert an.

»Danke, dass Sie kurz unterbrechen«, sagt Kassandra. »Ich befürchte, ich kann Ihnen nicht richtig folgen. Worum geht es hier genau? Sprechen Sie etwa von Pädophilie?«

»Um Himmels willen. Nein!«, ruft die Gräfin entgeistert. Die Angst vor schlafenden Hunden/Monstern steht ihr deutlich ins Gesicht geschrieben. »Der Übergriff – der *womögliche* Übergriff – hat nicht bei einem unserer kranken Kinder stattgefunden. Gott bewahre! Der Vorfall, von dem ich spreche, war eine Grenzüberschreitung innerhalb des Teams.«

Jetzt hat sie die Kontrolle wiedergefunden. Sie fixiert Kassandra, als würde sie überlegen, ob sie sie schon mal irgendwo gesehen hat, und fährt mit konzentrierter Stimme fort:

»Es geht mir um Vorfälle, die zu gering sind, als dass der Staat den Täter zur Rechenschaft ziehen würde.«

»Das war doch nicht mehr als ein übermütiger Popoklatscher«, flüstert jemand hinter ihr. Kassandra nickt verständnisvoll und wendet ihren Blick ab, während die Gräfin ihre Rede tapfer zu Ende führt.

Dann übernehmen Zugchef Gabriel und Zugchefin Magdalena wieder.

»Also«, beginnt Gabriel, »die wichtigste Regel, die ihr im Umgang mit eurem Pflegekind beachten müsst, ist: Ihr bleibt immer bei eurem Kind! Ihr lasst es nicht aus den Augen! Manche unserer Kinder sind hyperaktiv und ganz schön auf Zack. Das kann ich euch versichern. Wir haben auch in diesem Jahr wieder ein paar Spezialfälle dabei. Ob euer Kind ein Weglaufkind ist oder nicht, steht bei euch im Pflegeheft, hier: »Mit Weglauftendenz!!!!!!!!!!«

In Kassandras Pflegeheft steht schon mal nicht »Weglauftendenz!!!!!!!!!«, aber dafür ein Kreuz neben dem Kästchen »Rollstuhl«. Sie schluckt. Sie hat sich noch nie um einen Menschen gekümmert, der im Rollstuhl sitzt, geschweige denn um ein Kind, das im Rollstuhl sitzt.

»Keine Angst, ihr werdet alle eine tolle Woche haben mit eurem Schützling«, übernimmt jetzt Magdalena, »denn diese Kinder, die wir zur Muttergottes nach Lourdes bringen, sind für uns das Allerwichtigste. Auch in den Prozessionen: Erst schaut ihr, ob es eurem Kind gut geht, und dann entscheidet ihr, ob ihr euch vorm Allerheiligsten hinkniet oder nicht. Wenn das Kind etwas braucht, dann kümmert euch lieber darum. Euer Schützling hat immer Priorität.«

Mein Kind, denkt Kassandra und spürt einen Stich. Im wahren Leben hat sie keine Kinder, und nächstes Jahr wird sie vierzig.

Die Zugchefin hebt derweil eine Windel hoch.

»Manche von euch wissen vielleicht, wie man damit umgeht.«

Gleich noch ein Hieb, denkt Kassandra, aber ich hab's ja so gewollt. Konfrontation statt Verdrängung.

»Für alle anderen …«

Magdalena bittet Gabriel, sich hinzustellen, und legt ihm lachend eine Windel an. Das Ganze soll spontan wirken.

»Und habt ihr die Reisekleider in euren Größen bekommen?«, fragt Gabriel, als alle sich wieder beruhigt haben. »Wie schaut es bei den Overalls der Männer aus?«

Von einer bestimmten Größe scheint es nicht genug zu geben.

»Ach ja, und die Baretts nicht vergessen. Wer noch keins getragen hat …«

Ein paar Männer fangen an zu kichern: Wer noch beim Bund gewesen ist, hat natürlich schon mal ein Barett getragen.

»Die gibt es jetzt auch wieder ab Größe 54«, ruft einer aus der Gruppe rein und nickt eifrig.

»Wieder zurück zu den Kindern«, sagt Gabriel. »Achtet bitte auf ihr Schamgefühl. Manchmal ist es auch beim Wickeln irgendwie hektisch, und dann denkt man, huch, ich muss noch mal schnell was holen, aber dann bleibt der Mensch entblößt liegen. Viele unserer Kinder können nicht sprechen, sie können nur schwer klarmachen, wenn ihnen etwas unangenehm ist. Also achtet bitte darauf, dass es beim Wickeln, Umziehen oder Duschen immer einen Sichtschutz gibt. Und fragt, wenn ihr nicht weiterwisst! Dafür sind eure Saalschwestern da, und wenn es ein größeres Problem gibt, kommen die dann zu uns.«

Er schaut seine Zugchefin an, ob sie dem noch etwas hinzuzufügen hat. Magdalena beugt sich nach vorne und faltet die Hände.

»Eine Sache ist uns besonders wichtig: Es gibt viele komplexe Abläufe in Lourdes, da muss alles funktionieren. Deshalb gilt für alle ab jetzt und für die ganze nächste Woche lang: Was eure Saalschwester euch sagt, das macht ihr auch! Oder was Gabriel oder ich euch sagen, das führt ihr aus wie einen Befehl. Und fangt nicht an zu diskutieren. Dafür haben wir dann nämlich in Lourdes keine Zeit. Bitte nehmt uns das nicht übel.«

Gabriel richtet sich mit einem Ruck auf, nickt und erinnert die Pilgergruppe noch einmal an die militärische Vergangenheit: »Diese Hierarchie ist Tradition unseres Ordens, und Traditionen wollen schließlich, wie wir ja alle wissen, gepflegt werden.«

»Und jetzt seht zu, dass ihr zeitig ins Bett kommt«, sagt die Chefin/Schäferin, »mit viel Schlaf ist in der nächsten Woche nicht zu rechnen.«

Aufbruch

Am nächsten Morgen läutet die Glocke im Kirchturm sieben Mal, als sich im Innenhof des Klosterschlosses die Pilgerinnen versammeln, alle nun einheitlich in blau-weiß gestreiften Kitteln und vorgebundenen Schürzen gekleidet. Sie liefern ihr Gepäck auf einem Haufen ab, ein paar trinken Kaffee im Stehen aus Biedermeierporzellan. In der Schlossküche gibt es derweil Frühstück mit Landbrot, Speck und Eierspeisen.

Kassandra kommt sich vor wie in einem Theaterstück, doch sie fühlt sich wohl in ihrem Schwesternkostüm. Es hatte schon gutgetan, die Tasche für diese Pilgerwoche zu packen, denn die Liste der nötigen Dinge war kurz: hautfarbene Strumpfhosen, schwarze flache Schuhe (keine Pumps!), weiße Haarklammern, rote Strickjacke, Handtuch, Schlafsack; sie würde sich also eine Woche lang keine Gedanken machen müssen, was sie am Tag anzuziehen hat.

Bei der Einfahrt haben sich gut zehn männliche Pilger in einer Reihe aufgestellt und werfen sich Gepäckstücke zu. Zwei stehen auf der Tragefläche eines LKWs, danach verschwindet die Ladung im Transporter. Die Männer sind nun ebenfalls einheitlich gekleidet. Sie tragen einen blauen Overall, der schnittfest wirkt, einen Stretchgürtel mit dem Ordenskreuz auf der Schnalle, Barett auf dem Kopf, dazu Hemd mit Kragen und Krawatte, deren Seidenanteil proportional mit dem Alter ihres Trägers ansteigt.

Kassandra zieht ihr Dienstheft aus der Schürzentasche, das in einem abgegriffenen Ledereinband klemmt. Als sie es aufschlägt, fallen zwei Kabelbinder auf den Boden, die sie noch übrig hat; mit den anderen beiden hat sie ihre Namensschilder am Gepäck befestigt, bevor es verladen wurde. Wofür sollen die noch gut sein? Das letzte Mal hat sie Kabelbinder gebraucht, um ihren Ex bäuchlings ans Bett zu fesseln. Sie versucht, das Erinnerungsbild wegzuwischen. Es hat hier nichts verloren. Oder etwa doch?

Sie blättert weiter in ihrem Büchlein. Der Inhalt ist in verschiedene Farben eingeteilt. Sie fängt von hinten an. Auf den knittrigen Seiten stehen, leicht verwechselbar, Gebete und Liedtexte ohne Noten. Noch bevor sie sich weiter in das Material vertiefen kann, kommt Bewegung in die Gruppe. Sie folgt den anderen und fügt sich, als sie durch den Torbogen mit korinthischen Kapitellen geht, in eine Reihe von jungen Männern ein.

»Wohin gehen wir?«, fragt sie einen Burschen mit spitzer Nase, sauber gescheiteltem Haar und buschigen Brauen.

»Zur Messe«, sagt er und schaut sie neugierig an, als würde er denken: Kennen wir uns auch schon? Und haben uns bloß jahrelang nicht mehr gesehen?

»Bist du heuer zum ersten Mal dabei?«, fragt er mit österreichischem Akzent.

Sie nickt.

»Aber geh', a Frischling!«, lacht er und klopft ihr auf die Schulter, als hätte sie jetzt schon Hilfe nötig.

Frischling?, denkt Kassandra. Bin ich jetzt ein Wildschwein?

»Keine Sorge«, sagt er, »das wird schon passen. Welches ist denn dein Kind?«

Gewohnheitsmäßig will sie sagen, dass sie gar keins hat,

aber stopp: Hier ist ja alles anders. Doch bevor sie überhaupt irgendwas sagen kann, legt der Bursche den Finger auf die Lippen, weil sie die barocke Kapelle des Klosterschlosses betreten haben, und hier ist Stille angesagt. Mit der Autorität eines regelmäßigen Kirchgängers schaut er sich nach dem Becken mit Weihwasser um, taucht seinen Finger ein, kniet nieder wie ein Ritter vor seinem König und bekreuzigt sich gen Altar. Die meisten anderen machen dasselbe, laufen dann weiter und setzen sich auf die Kirchenbänke. Als Kassandra den Finger ins Weihwasser tauchen will, zögert sie kurz, aber dann denkt sie: Dafür bin ich schließlich extra hergekommen. Zurück auf Los und alles noch mal von vorn, im Namen des Vaters, des Sohnes und des Heiligen Geistes – pars pro toto für die Madonna mia Maria: den Finger ins Becken tauchen, Knie zum Boden, Blick senken, und ein Kreuz vorm Herz schlagen.

Plötzlich fühlt sie sich in eine Zeit zurückversetzt, als sie im Restaurant noch Nudeln mit Ketchup bestellen wollte.

Abfahrt

Nach der Messe wartet vor der Kirche ein Bus, der die Gruppe zum Bahnhof bringen wird. Kassandra steigt die Trittstufen hinauf und schaut sich um. Trotz der Uniformen bleiben die Standessignale leicht erkennbar: Perlenohrringe, dünne goldene Ketten mit Madonnenmedaillon, Siegelringe, Uhren mit silbern glänzendem Ziffernblatt, doch keine Eheringe.

Sie entdeckt ein paar Frauen, die kaum viel älter als zwanzig sein können. Dass die auch schon pilgern! Manche von ihnen blicken sich schüchtern um. Sie erinnern Kassandra an ihre Studentinnen in den Bachelor-Seminaren. Obwohl diese hier insgesamt gesünder wirken.

Kassandra läuft durch die Busreihen nach vorne und blickt dabei in freundliche Gesichter. Viele scheinen sich schon gut zu kennen von früheren Lourdes-Fahrten oder anderen Festen; man unterhält sich über die letzte gemeinsame Hochzeit, Taufe oder die Oster-Séjour.

Kassandra wählt einen Platz am Gang und setzt sich. Ihr Sitznachbar blickt stumm aus dem Fenster und beachtet sie nicht und auch sonst niemanden. Auf die Frage, ob es ihm recht sei, dass sie sich setzt, schaut er kurz auf und nickt, als wäre sein Kopf zu schwer für seinen Hals. Kassandra liest seinen Namen auf dem blechernen Schild an seiner Brust und versucht es mit einem Witz: »Oki heißt du? Oki wie *okidoki*?« Er antwortet nicht, aber immerhin lächelt er, wenn auch etwas schmal.

Auch okay, denkt Kassandra.

Sie zieht ihr Lederbüchlein aus der Schürzentasche und schlägt es auf. Auf der ersten Seite ist ein Schwarz-Weiß-Foto abgedruckt in der Größe einer Briefmarke. Man kann kaum erkennen, ob es sich um ein Mädchen oder einen Jungen handelt. Die Augen sind bis auf einen schmalen Schlitz geschlossen und machen nicht den Anschein, in die Kamera schauen zu wollen. Der Mund steht offen, die Kiefer reichen anatomisch nicht zueinander. »Anke Schiesser«, steht im Register, »siebzehn Jahre – Windelgröße M – trägt Orthesen.« Was um Himmels willen sind noch mal Orthesen? Kassandra kennt nur Prothesen. Dann liest sie Tipps und Pflegeanweisungen, die von den Betreuern aus dem Heim für behinderte Kinder zusammengetragen wurden: »Mag es, wenn man ihr in den Nacken klopft – Ist mit Zunge schnalzen und Pfeifen zu beruhigen – Zieht gerne an Haaren – Braucht regelmäßig Ruhepausen.« Das Kreuzchen neben »Rollstuhl« kennt sie ja schon, jetzt entdeckt sie noch eins bei »Epileptische Anfälle«.

»Was sollen wir noch mal bei einem epileptischen Anfall tun«, überlegt Kassandra laut und schaut zu ihrem Sitznachbarn, doch der hat sich in den Ausblick der Autobahn vertieft, wobei er in kleinen, schnellen Bewegungen mit dem Kopf wippt und die Lippen bewegt, als würde er etwas zählen.

Bemerkenswert, denkt sie, der ist ja gerade völlig abgeschaltet. Sie schaut ihn genauer an. Sein leicht ausgedünntes Haar weht spielerisch im Wind der Belüftungsanlage. Ansonsten starke Schultern, breite Handknochen. Kantiger Kiefer, hohe Stirn, kornblumenblaue Augen.

Der Bus parkt vor einem Bahnhof aus Beton, der versucht, keine rechtwinkligen Ecken zu haben. Vor dem Eingang dösen Punks, durch sie hindurch traben Pendler in mausgrauen Anzügen mit Aktentaschen. Ein paar Jugendliche stehen in kleinen Gruppen zum Rauchen und Rumschubsen herum.

Im hinteren Teil des Bahnhofs, Aufschrift: »Lieferzone«, versammelt sich die Pilgergruppe beim LKW. Das Kofferteam schleppt Gepäck, Medikamente, Spielzeug, Windeln, kiloweise Schokolade, Hipp-Brei etc. etc. aus dem LKW in den Zug. Die Träger schwitzen und fluchen über die Hitze. Das Thermometer zeigt jetzt schon neunundzwanzig Grad und verspricht allen, die den Tag am See verbringen können, knackig-warme Pfingsten. Die Pilger und ihre Pflegekinder jedoch erwartet eine vierundzwanzig Stunden lange Fahrt in einem alten Zug bis in die Pyrenäen nach Lourdes.

»Da kommen die Kinder!«, ruft jemand.

Vor der Gruppe parkt ein großer Reisebus mit verdunkelten Scheiben. Die Türen öffnen sich. Zwei Jungs, vielleicht sechzehn, vielleicht zwölf Jahre alt, springen als Erste raus. Um den Hals tragen sie laminierte Namensschilder, auf denen steht, aus welchem Heim sie kommen, in welches Abteil sie eingeteilt sind, in welchem Saal sie in Lourdes schlafen werden und zu welchem Orden sie gehören für den Fall, dass sie verloren gehen. Körperlich scheinen sie kaum beeinträchtigt zu sein, nur ihre Sprache fällt auf: Sie reden laut wie Schwerhörige und bilden kurze Sätze ohne viel Grammatik. Die Jungs sind bester Laune und suchen ihre Betreuer, sie waren offensichtlich schon öfter dabei, und schlagen um sich herum *hi-five* in alle Hände ein, die sich ihnen entgegenstrecken.

»Servus! Wie geht's? Freust du dich auf Lourdes?«, fragt man sie in einem Tonfall, in dem man mit Kleinkindern spricht.

»Joa«, sagen sie mit schwäbischem Dialekt und laufen zum Nächsten.

»Wie geht es dir?«, fragt man sie.

»Guat«, sagen sie.

»Freust du dich auf Lourdes?«

»Joa«, sagen sie.

Vorsichtig, an der Hand einer Heimerzieherin, verlässt das nächste Kind den Bus. Kleinwüchsig, stumm. Es steht auf dicken, kurzen Beinen umringt von den Pilgerschwestern, ohne jede Reaktion im Gesicht, aber was ist das für ein Gesicht? Augäpfel und Nase wie mit Gewalt in den Schädel hineingedrückt, der Kiefer weit nach vorne ausgewuchtet, flackernde Pupillen, das Kind stößt einen Schrei aus, hoch und grell, vor Freude? Unbehagen? Aufregung? Was ist das für eine Sprache?

An Kassandra vorbei wird ein Kind getragen, das höchstens siebzig Zentimeter groß ist. Von der Länge nimmt der Kopf ein Drittel ein. Arme und Beine sind verkürzt und dünn und zappeln unkoordiniert am Rumpf. Das Kind wird in einen Rollstuhl gesetzt und mit Gurten festgeschnallt, und dann umringt von Pilgerinnen, die es schon kennen und liebevoll begrüßen wollen.

Sie sieht einen kleinen Jungen mit Hockeyhelm an sich vorbeilaufen. Sein Gesicht ist niedlich nach Kindchenschema geformt: Große blaue Augen, Stupsnase, nur die Pupillen schielen nach außen. Dann durchschneidet ein lauter Schrei die Luft. Ein Mädchen mit folkloristisch geflochtenem Zopf schlägt um sich und beißt sich in die Hand. Schreit wieder und wippt dann wie ein Heavy-Metal-Tänzer mit dem Oberkörper vor und zurück, vor und zurück, vor und zurück.

»Sie wird sich gleich wieder beruhigen«, sagt eine Heimbetreuerin zu den erschrockenen Pilgerinnen.

»Führst hier Theater auf, was?«, sagt sie und nimmt das Mädchen an der Hand, doch die Hand wird ihr sogleich wieder entrissen. Es folgen weitere autoaggressive Handlungen, Schreie, Bisse, ein Griff in die Haare, um mit aller Kraft an ihnen zu ziehen, doch der Zopf hält.

»Ach du heilige Sch…«, entfährt es Kassandra.

»Unsere Özlem, das ist schon eine!«, sagt eine Pilgerin neben ihr mit einer für Kassandra schwer verständlichen Leichtigkeit. Auf ihrer Schürze hängt ein Ordensabzeichen mit großem X in der Mitte. Sie war also schon mindestens zehn Mal in Lourdes.

Über die Hebebühne verlässt ein Rollstuhlkind nach dem anderen den Bus, wobei die Bezeichnung »Kind« bei einigen deplatziert scheint. In Kassandras Nähe sitzt ein Junge im Rollstuhl, dessen Bartstoppeln klar darauf hinweisen, dass er schon in der Pubertät steckt oder sie bereits hinter sich hat. Sein Kopf ist zur Seite geneigt, die Arme hängen im schrägen Winkel an seinem Rumpf, als wären sie gebrochen und falsch wieder zusammengewachsen. Aus dem Mund fließt Speichel auf eine umgebundene Stoffwindel. Plötzlich durchfährt ein Zucken seinen Körper, als hätte man ihn an Strom angeschlossen. Er stößt ein tiefes Stöhnen hervor, das nach Schmerzen klingt.

Zwei weitere Kleinbusse halten auf dem Parkplatz. Die Türen rollen auf ihren Schienen zur Seite und geben den Blick frei auf noch mehr dieser Geschöpfe, denen die Gene, Gott oder sonst ein Mechanismus das Kreuz eines dysfunktionalen Körpers auferlegt hat.

»Komm Kassandra, du bist dran«, ruft ihre Saalschwesterx. »Ich bring dich jetzt zu deinem Kind.«

Schon hält sie zwei kleine, feuchte Hände fest, circa auf Brusthöhe schaukelt ein hübsch frisierter Kopf mit rotem Haar.

»Du kannst jetzt mit Anke schon mal zum Warteraum laufen. Das schafft sie!«, sagt eine der Profi-Betreuerinnen aus dem Heim.

»Aber der Rollstuhl? Brauchen wir den nicht?«

»Das schafft sie schon, sie hat ja ihre Orthesen an.«

Der Profi zeigt auf Ankes Füße. Kassandra sieht nur zwei Sandalen mit Klettverschluss an schmerzhaft weit nach außen gedrehten Füßen und fühlt sich ratlos wie vor einer Autopanne.

»Wie jetzt weiter?«, fragt sie, aber die Betreuerin hebt bereits das nächste Kind aus dem Kleinbus.

Zum Warteraum laufen, denkt Kassandra, und tausend Fragen bleiben offen. Der Herde folgen, denkt sie, und setzt sich rückwärts in Bewegung. Statt eines Schritts nach vorne lässt sich Anke aber jetzt in ihre Richtung fallen. Kassandra fängt sie erschrocken auf. Nun halten sie sich in den Armen, so nah und fest wie nur Liebespaare sich umarmen, Eltern ihre Kinder oder Fremde auf MDMA. Anke scheint die Umarmung zu mögen, aber Kassandra fühlt sich von der plötzlichen Nähe überrumpelt, doch sie ist hilflos. Wenn sie das

Kind loslässt, könnte es zu Boden fallen. Wie soll sie es dann nur wieder hochbekommen? Es erfordert schon Kraft, den Körper einigermaßen aufrecht zu halten. Das Mädchen ist zwar nicht groß, aber mollig, also schwer. Kassandra erschrickt, als der Mensch in ihren Armen plötzlich ein Bellen ausstößt. Sie schiebt Anke von sich weg und richtet sie damit wieder auf ihren eigenen Beinen aus. Dann redet sie auf Anke ein, versucht sie mit sanfter Stimme zu locken.

Ob sie mich versteht? Wie gut kann Anke eigentlich hören? Außerdem, vielleicht will sie halt einfach nicht mit irgendeiner fremden Person mitgehen, wer weiß wohin. Das wäre ja auch nachvollziehbar, denkt sie.

»Liebe Anke. Ich heiße Kassandra und bin jetzt für eine Woche dein treuer Betreuer.«

Unbeholfen zieht sie an Ankes Armen. Da tut sich was. Anke wackelt roboterartig auf steifen Beinen voran, allerdings nur ein paar Meter, dann bleibt sie wieder stehen.

Ahh, sie sinkt, oder lässt sie sich vielleicht extra fallen? »Bitte tu's nicht – Hilfe, komm, komm, wir schaffen das! Es ist nicht mehr weit. Du kannst mir vertrauen«, sagt Kassandra mit gespielt fester Stimme. Sie zieht wieder an den Armen, und versucht, dem Geschöpf vor ihr klarzumachen, dass es sich beim nächsten Schritt auf sie stützen kann wie auf einen Stock.

»Ich bin besser als ein Stock, siehst du? Ich bin praktisch wie ein Rollator.«

Es dauert noch ein paar Sekunden, und Anke willigt ein.

Zwischen dem Kofferteam

Oki sitzt auf einer Bank auf dem Bahnsteig und hält eine Bierflasche in der Hand. Er hängt seinen Oberkörper zwischen die Knie. Schweißperlen tropfen von seiner Stirn. Der Overall klebt an seinen nackten Beinen, am Rücken läuft ihm die Suppe runter bis in die Boxershorts. Hemd und Overall sind bereits klamm. Es ist immer eine üble Schufterei, den Zug zu beladen, aber bei der Hitze ist das alles noch viel anstrengender.

»Es gibt Bier? Wo denn?«, fragt ein Frischling und lässt die Schlafsäcke auf den Boden fallen, die er gerade zum Gepäckwaggon tragen wollte. Oki zeigt mit seinem Kinn in Richtung Küchenabteil. Aber da kommt der Kofferbock, der Chef vom Kofferteam, um die Ecke.

Hinter sich her zieht er einen schwer beladenen Wagen, von hinten schieben zwei Pilger an und schauen nun, den Anlass der Verzögerung erkundend, hinter dem Berg aus Gepäckstücken hervor. Den Frischling, der Bier wollte, trifft der strenge Blick des Kofferbocks. Schuldbewusst sammelt er die herumliegenden Schlafsäcke wieder ein. Für Oki gilt der unausgesprochene Appell nicht. Der Kofferbock weiß, dass er nicht zum Kofferteam gehört, weil er nie zum Kofferteam gehört. Oki hat den angenehmen Status eines Springers und ist damit wie ein sich frei bewegendes Atom zwischen den Teams.

Der Kofferbock dirigiert den größten Teil der männlichen Pilger während des Aus- und Einladens des Zuges und arbeitet eng mit dem Materialchef zusammen, der die Ladung zusammengestellt hat. Der Küchenchef leitet wiederum das mehrköpfige Küchenteam, und die Saalschwestern sind verantwortlich für Untergruppen aus Pilgern und ihren Kranken. Sie sind außerdem als Stabsstellen zu verstehen, weil sie die Kommunikation zwischen der Leitung und den ordinären Pilgern übernehmen sollen.

Alle Positionen, bis auf den Kofferbock, werden unabhängig vom Geschlecht besetzt. Es gibt Chefs und Chefinnen. Nur für die Saalschwester hat sich kein ge*gender*tes Pendant finden lassen, weswegen eine Saalschwesterx sowohl männlich als auch weiblich sein kann.

An der Spitze der Hierarchie steht das zweiköpfige Team aus Zugchef und -chefin. Sie führen den Pilgerzug über viele Jahre hinweg an. Eine Neubesetzung ereignet sich ohne besonderes Regelwerk alle zehn bis fünfzehn Jahre. Der aktuelle Zugchef ist seit dreizehn Jahren im Amt, insgesamt ist er schon siebenundzwanzig Mal nach Lourdes gepilgert. Die Zugchefin ist erst vor vier Jahren in ihre Position gelangt. Davor ist sie drei Mal als einfache Pilgerin mitgefahren und zwei Mal als Saalschwester. Man darf ihr also eine beachtliche Ordenskarriere attestieren.

»Oki, bist du gleich beim Reintragen der Kinder dabei?«, fragt der Kofferbock.

Oki nickt.

»Wenn ihr Hilfe braucht, sag Bescheid! Ich schick dir jemanden!«

»Passt schon«, sagt Oki, steht auf und streckt sich. »Das kriegen wir hin. Danke.«

Dann sieht Oki seinen alten Freund Georgie auf sich zulaufen. Georgie wurde noch während des Zweiten Weltkriegs geboren und pilgert seit Jahrzehnten nach Lourdes. Meistens zwei Mal im Jahr, in manchen Jahren auch öfter. Er steht außerhalb der planspielerischen Teamhierarchie und wird in Lourdes ein von der Gruppe unabhängiges *stage* machen. Als *stagiaire* hilft man den Kranken am Bahnhof/Flughafen beim Aus- und Einsteigen, taucht Pilger in die heiligen Bäder oder nimmt im Fundbüro verlorene Knöpfe entgegen. Georgie trägt den gleichen blauen Overall wie die anderen Pilger auch. Allerdings hängt unter seinem Namensschild noch ein echter *stagiaire*-Orden, der hellblau leuchtet, passend zu Georgies Augenfarbe. Auf dem Stoff liegt ein zierlicher Anstecker auf: ein silbernes Petruskreuz, das auf dem Kopf steht.

»Eine Bullenhitze ist das«, stöhnt Georgie und wischt sich den Schweiß von der Stirn. »Das wird ja eine Höllenfahrt.«

Oki grinst.

»Magst du ein Bier? Ich kann dir eins holen. Ich weiß, wo's steht.«

Georgie winkt ab und setzt sich neben Oki auf die Bank. An ihnen vorbei läuft ein Pilger mit prall gefüllter McDonald's-Tüte im Arm.

»Wollt ihr?«

Oki greift zu und drückt Georgie auch einen Bürger in die Hand.

»Bis zum Abendessen gibt's nichts mehr«, sagt er und beißt ab. Georgie wickelt seinen mit spitzen Fingern aus dem fettigen Papier und betrachtet ihn angewidert von beiden Seiten.

»Ihr seid mir schon eine Abteilung! In anderen Zügen würde man jetzt Hausfrauen-Schnitten kriegen. Dass du das fressen kannst!«

Oki zuckt die Schultern und spült mit einem Schluck warmen Bier nach. Georgie gibt auf.

»Es gibt Bürger?«, ruft ein jüngerer Pilger im Vorbeilaufen.

»Bist du im Kofferteam?«

»Was denn sonst.«

»Dann nimm hier. Und du kriegst auch Bier!«, sagt der Verteilende und zeigt auf seine Flasche.

»Ein Bier für jeden nach dem Beladen. Das ist Tradition!«

An seiner Brust, gleich über dem Namensschild, hängt ein silbernes Ordensabzeichen ohne X in der Mitte. Er war also schon mindestens drei Mal in Lourdes und kennt sich aus.

»Was für ein großes Wort für so eine miese Plörre.«

Georgie rümpft die Nase und weiß nicht, was ihn mehr abstößt: der Bürger oder dieses gemeine Pilgervolk.

(1) Was mach ich eigentlich hier?

Da kommen die ersten Kinder am Bahnsteig an, und Oki und Georgie springen auf. Sie sehen die Schar zum ersten Mal in diesem Jahr; die Pilgerinnen, die die Kinder an der Hand führen oder den Rollstuhl schieben, dann stoppen, um nach einem Keks zu kramen; die normalen Zugreisenden gaffen wie die Affen im Zoo.

(2) Es gibt keinen Gegenspieler Gottes
(3) Es gibt nur die Abwesenheit von Liebe

Als Georgie einen Jungen aus dem Rollstuhl hebt und ins Abteil trägt, vergisst er alles, was er Minuten vorher gedacht oder gesagt hat. Nichts davon spielt jetzt noch eine Rolle. Er hält das viel zu schmal geratene Geschöpf in seinen Armen und sofort, assoziativ / kognitiv / emotional / tutti completti, geht in ihm die Flamme wieder an.

(4) Lourdes ist die wahre Realität

Oki geht es ähnlich. Eine junge Pilgermami läuft hektisch neben ihm her und ist in großer Sorge.

»Bei dem rechten Arm muss man aufpassen, den kann sie nicht kontrollieren.« Oki nickt gelassen. Das ist okay für ihn. Er weiß, wie man einen gelähmten Menschen aus einem Rollstuhl hebt.

Er löst die Anschnallgurte, legt sich beide Arme, auch den lahmen, über seine Schultern und sagt: »So meine Liebe, schön festhalten.«

Dann spürt er die Wärme des Kindes an seiner Schulter und macht sich auf den Weg. Die Pilgermami lässt ihn keine Sekunde aus den Augen. Er setzt das Kind im Sechser-Abteil ab. Als er seine Arme zurückziehen möchte, kippt der Oberkörper leicht zur Seite.

»Wir müssen an die Tür ran, da kannst du dich anlehnen.«

Als er das Kind anhebt, gibt es einen Laut von sich, der ein plötzliches Unbehagen, vielleicht Druckschmerz, bedeuten könnte. Oder auch nicht.

»Schau, jetzt ist es doch schon besser. Oder soll sie liegen?«

Die Pilgerin reibt sich die Stirn.

»Das weiß ich auch nicht so genau.«

»Kein Problem. Möchtest du liegen?«, fragt Oki das Mädchen. Aber es hört ihn nicht. Spucke läuft ihm aus dem Mundwinkel und tropft auf das bereits feuchte Lätzchen.

»Möchtest du sitzen? Wie heißt sie denn?«

Die Pilgerin reagiert nicht. Sie kann ihren Blick nicht von der Gestalt abwenden, die sich S-förmig gegen die Abteiltür lehnt. Das Kind stöhnt und wirft den Kopf rum. Jetzt hat die Pilgerin Rotz an ihrer Hand und erstarrt.

Die erlebt offensichtlich gerade ihren ersten Lourdes-Schock, denkt Oki und sucht vergeblich nach dem Namensschild. Das Kind stöhnt. Jetzt klingt es schon mehr nach Schmerzen.

»Pass auf, geh mal nach vorne Richtung Schaffnerabteil und hol zwei Kissen. Die sind da in so großen Plastiksäcken.«

Sie läuft aus dem Abteil.

»Andere Richtung, rechtsherum.«

Sie macht auf dem Absatz kehrt wie ferngesteuert.

»Nur paar Meter weiter«, ruft Oki hinterher. »Erstes Abteil, da sind die Kissen. Die brauchen wir, damit es bequemer wird.«

Jetzt ist er mit dem Mädchen allein, er stützt die Schultern mit beiden Händen, damit es gerade sitzen kann.

»Vielleicht können wir deine Hüfte noch ein bisschen nach hinten rücken«, sagt er, und als er sie hochhebt, spürt er, wie sich ihr Körper anspannt.

»Du willst mir helfen, was? Danke sehr. Schon fertig. Und, sitzt es sich so besser?«

Die Pupillen des Kindes flackern hin und her. Plötzlich fixieren sie Okis Gesicht, tasten es Zentimeter für Zentimeter ab, und dann, für einen Blitzschlag von einem Moment, schaut es ihm direkt in die Augen, als würde es fragen: »Und wer sind Sie?«

Dann flackern die Pupillen wieder, als wäre nichts gewesen.

Als Oki danach aus dem Zug auf den Bahnsteig springt und nach dem nächsten Rolli-Kind Ausschau hält, das er ins Abteil tragen soll, kriegt er plötzlich Lust, laut loszukrähen.

Jetzt bloß nicht manisch werden, denkt er, aber froh bleibt er dennoch. Als hätte jemand in ihm einen Schalter umgelegt und seine chronifizierte schlechte Stimmung einfach weggepustet.

(5) I believe in miracles but where do they come from?

Bahnsteig

Kassandra und Anke warten, dass Anke an der Reihe ist, vom Gleis ins Abteil getragen zu werden. Neben ihr steht eine mondgesichtige bäurisch anmutende Pilgerin mit mütterlicher Hüfte und nutzt den Moment, um einer anderen aus dem Team, einer gazellenhaft groß gewachsenen Blondine, den Hof zu machen.

»Hat er gesagt, du schaust der Leonie ähnlich? So ein Schmarrn, du bist viel hübscher als die Leonie.«

Wie billig ist das denn, denkt Kassandra. Wer ist die Gazelle? Sie hat eine Ahnung, kriegt sie aber nicht zu fassen. Die Vollbeweibte kriegt sich jedenfalls kaum noch ein. Aber auch die anderen können ihren Blick nicht von der Blonden abwenden. Man legt ihr die Bewunderung zu Füßen wie Geschenke fremder Königreiche. Dabei macht sie selbst nichts oder nicht viel. Sie steht nur da und lächelt und wirkt dabei ein bisschen routiniert, und ein bisschen verlegen wie ein Promi, der auf offener Straße angesprochen wird. Da flackert in Kassandra etwas auf. Ein Buchcover: roter Einband, blonde Autorin im Close-up. Das könnte sie sein. Kassandra schaut aufs Namensschild.

Sie ist es. Hat ein Buch geschrieben über ihren Glauben. Wer hatte es ihr noch mal vor Monaten in die Hand gedrückt? Zur Vorbereitung auf Lourdes? Das Vorwort stammte jedenfalls vom Ratzinger. Nicht vom abgetretenen Papst, sondern von seinem Bruder. Dem Ratzinger, den seine Feinde den Domspatzen-Peiniger nennen. In seinem Vorwort wird Elisabeths Text liebevoll als Zeugnis der Volksfrömmigkeit beschrieben. Der Kontrast zwischen Hochadel und Volksfrömmigkeit hatte Kassandra sofort amüsiert, weil Kassandra leicht zu amüsieren ist.

Als Nächstes erinnert sie sich an einen Artikel in der Bunten: eine typische Hochzeit mit zwanzig Meter Brautschleppe, Diadem und Cutaways. Die Gazelle war zwar nicht die Braut, aber glamourös genug, um als prominenter Gast in der Nebenspalte abgebildet zu werden.

Doch nun steht das royale Jetset-Girl vor ihr im gleichen blau-weiß gestreiften Reisekleid wie alle anderen auch und lässt sich Rotz auf die Hand tropfen, wobei sie ein bisschen den Eindruck macht, als müsse sie sich hier eine Tapferkeitsmedaille verdienen.

Abteil I

Der Zug fährt seit einer Weile in einem gemächlichen Tempo seinem Alter entsprechend dahin. Mit schlängelnden Hüftbewegungen versuchte die kleine Miriam auf der Bank nach vorne zu rutschen. Sie hat etwas entdeckt: den Kassettenrekorder mit den glänzenden Micky-Maus-Ohren. Er steht auf dem Ausklapptisch neben dem Fenster. Sie streckt ihre viel zu kurzen Ärmchen danach aus und versucht, ihren Oberkörper in seine Richtung zu drehen. Miriam liebt diesen Apparat, sie will ihn haben.

»Geht ihr zum Essen, oder soll ich euch was holen?«, fragt die Saalschwesterx ins Abteil hinein. Um diese Zeit wird das Essen fertig gemacht im Speisewaggon. Es gibt Ravioli, das hat sich schon rumgesprochen.

»Wir essen Ravioli, Miriam, gell? Ja, wir essen.«

»Braucht ihr Hilfe beim Rüberlaufen?«

»Miriam, wollen wir laufen, oder sollen wir uns das Essen liefern lassen?«

Miriam will den Kassettenrekorder.

Abteil II

Der Zug steht seit einer halben Stunde auf offenem Feld in der Mittagssonne, sie warten bis alle wichtigeren Züge vor ihnen durchs Drehkreuz gefahren sind. Andreas liegt ausgestreckt auf der Polsterliege und leidet wie ein Krieger. Er kann nicht schwitzen. Seine Arme und Beine sind kaum dicker als Amaryllisstängel, die Haut so dünn, dass sie an vielen Stellen des Körpers aufreißt und leckende Wunden hinterlässt.

Andreas hält seinen Kopf in den Wind des Ventilators. Einen zweiten Ventilator richtet Maria, seine Pilgerin, auf die Beine. Sein Körper ist größtenteils in Verbände gehüllt, als wäre er im Begriff, sich in eine Mumie zu verwandeln. Unter den Mullbinden mischen sich Blut und Eiter. Alle drei bis vier Tage müssen die Verbände gewechselt werden, was jedes Mal höllisch schmerzt. Andreas würde seine Krankheit nicht so schlimm finden, wenn es das Verbandwechseln nicht gäbe. In Lourdes wird Maria die Aufgabe übernehmen, einmal muss es sein, und Andreas wird sie dafür hassen. Er wird Gründe erfinden, weshalb es beim alten Verband bleiben kann; wird behaupten, dass Maria sich im Tag vertan hat. Sie würde am Ende gewinnen. Er weiß es, und Maria weiß es.

Maria schwenkt den Ventilator über seinen Beinen. Sie selbst schwitzt stark, ihr Haar klebt feucht an ihren Schläfen, und ihre Stirn glänzt.

Draußen auf dem Gang zwingt der dichte Verkehr Kassandra und Anke zum Anhalten. Kassandra schaut in Andreas' Abteil und ihr Blick fragt: *Wie schaffst du das?* Und Marias sagt: *Gar nicht.*[1]

Das Summen des Ventilators wird leiser, Stromausfall, die Räder drehen aus, dann stehen sie still wie der Weizen vor dem Fenster. Andreas hebt nicht mal mehr den Kopf. Saalschwesterx Antonius kommt zu ihnen und hilft Maria beim Luftzufächeln, behelfsweise mit Zeitschriften. Dann fällt ihm ein, dass man Eis aus dem Speisewagen holen könnte, um Andreas damit zu kühlen, und Maria ruft in Schmerzen:

»Hast du das gehört, Andreas?«

Andreas brummt:

»Endlich hat mal jemand eine gute Idee.«

Im Speisewaggon schalten sich die Materialchefin und der Kofferbock zusammen, man überlegt, an welchem Ort das Eis gelagert ist. Auf ein Nicken des Küchenchefs hin nimmt Oki zwei Beutel aus der Truhe und macht sich auf den Weg zu Andreas. Er betritt den Gang des Kinder-Waggons und kommt gerade recht, um zu beobachten, wie Kassandra sich mit Blick in Andreas' Abteil versteift, wie ihr Rücken sich verspannt, als hätte ihn ein kalter Wind erwischt.

So eine ist das also, denkt er, dann treffen sich ihre Blicke, sie halten aneinander fest; erlebte Zeit überholt die Uhr

---

1 Mater Dolorosa: »Aber schau nicht auf meine Tränen, schau auf seine Wunden. Ich lasse ihn nicht im Stich. Ich werde bei ihm sein, wenn er stirbt. Das habe ich ihm versprochen. Genauso wie ich ihm versprochen habe, dass wir, solange sein Körper das noch mitmacht, jedes Jahr wieder nach Lourdes fahren werden.«

um eine Ewigkeit und verlässt den Raum. Sie versuchen, es nicht zu bemerken.

»Lieferung an den Eisbären, der sich hier versteckt haben soll. Hast du ihn gesehen, Andreas? Auf der Adresse steht: Abteil fünf.«

Andreas lächelt schwach. Er glaubt Oki nicht, bittet aber Maria trotzdem, unter der Bank nachzusehen. Sicherheitshalber.

Aufbegehren I

Kassandra läuft mit Anke weiter zum Speisewaggon und ist dankbar, dass sie überhaupt vorankommen, *it's the little things*, denn sie muss Ankes Unterarme stützen und hat selbst keine Hand frei. Da sie rückwärts läuft, kann sie auch nicht viel sehen. Es kommt ihr vor, als hätte sich ihre Mobilität an Ankes angepasst. Aber irgendwie ist immer Hilfe da, bevor sie von Schwingtüren erschlagen oder von elektrischen Schiebetüren zwischen den Waggons zerquetscht werden.

Im Speisewagen ist kein Stuhl mehr frei. Kassandra schaut sich hilflos um. Eine vom Küchenteam bringt ihnen einen Stuhl mit Lehne für Anke. Kassandra setzt sich daneben auf die Bierbank.

»Geschafft.«

Sie schaut Anke an.

»Allerdings müssten wir uns jetzt Ravioli an der Theke holen.«

»Ich mach das für euch. Und was wollt ihr trinken?«

»Das ist supernett, danke. Was gibt es denn? Schau mal Anke, hier kann man bestellen wie in einem richtigen Restaurant.«

Anke reagiert nicht, sondern pult an ihrer Nagelhaut rum, presst einen Nagel kraftvoll ins Fleisch und reißt die Haut ab.

»Aua, das tut doch weh.«

Kurz hält Anke die Hände still und beginnt im selben Moment, auf ihre Lippe zu beißen.

»Was wollt ihr trinken?«

Kassandra starrt Anke entsetzt an. Jetzt hat sie ihren Daumen angeleckt und reibt ihre Spucke über eine Stelle am Handrücken – sie kann es gar nicht steuern –, wo die Haut bereits weiß aufgeweicht ist.

»Es gibt Fruchtsäfte oder Kindertee«, sagt die Pilgerin vom Küchenteam, »ihr könnt aber auch Milch kriegen oder Smoothies.«

»Das klingt ja paradiesisch«, sagt Kassandra. »Nicht knibbeln, Anke. Ich denke, wir fangen mit Saft und Ravioli an.«

Sie lächelt einer jungen Pilgerin am Tisch zu, auf deren Namensschild Benedikta steht, und bemerkt, dass Benedikta ihr Kind mit einer Routine füttert, als wäre sie schon mehrfache Mutter. Sofort sieht Kassandra die Gute vor sich in ein paar Jahren im Kreise ihrer fünf Kinder – also, wenn sie so alt ist wie Kassandra jetzt – und versucht, nicht neidisch auf die ungeschriebene Zukunft der Jüngeren zu sein.

»Hast du so was wie hier schon öfters gemacht?«, fragt sie ihre Tischnachbarin.

Die in der klassischen Kombination fromm und streng wirkende Pilgerin antwortet mit einer zweistelligen Jahresangabe und zitiert ein paar Einträge aus ihrem Lebenslauf, die alle darauf hinweisen, dass sie als Kind davon geträumt haben muss, eine Heilige zu werden.

»Wow, da bringst du ja ne ganze Menge Erfahrung mit. Wie kommst du dazu? Du könntest ja auch tausend andere Dinge im Leben machen.«

Doch Benedikta ist nicht bereit, die Exotik des Glaubens abzuschwächen, damit Neulinge es leichter verstehen können, im Gegenteil: Je unvorstellbarer, desto besser, schließlich ist Gottes Liebe größer als jede Vernunft. Sie sagt:

»Ich löse damit ein Versprechen ein, das ich bei meiner Taufe gegeben habe.«

Und, nein, es mache keinen Unterschied, dass nicht sie selbst, sondern ihre Eltern dieses Versprechen für sie gegeben hätten.

»Das Taufsakrament hat sich vollzogen, und das ist das Einzige, worauf es ankommt.«

Kassandra überlegt.

»Funktioniert das dann wie ein echter Zauberspruch?«

Ihr häretischer Unterton bringt Benedikta aus dem Takt. Der Blick streift Kassandras Lippen, als entdecke sie das Silikonkissen darin, das dafür sorgt, dass die Fältchen am äußeren Rand verschwunden sind. Daraufhin breitet Benedikta, als wäre sie auf einer Mission, ihre Ansichten aus, wie ein gottesfürchtiges Leben auszusehen habe. Bald ist sie bei der Jugend im Orden angekommen, die leider entscheidende Grundwerte nicht mehr ganz so streng sehe.

»Dabei ist Keuschheit vor der Ehe ein Versprechen, das wir alle Jesus Christus gegeben haben.«

Noch ein Versprechen.

Sie hat wahrscheinlich wirklich noch nie Sex gehabt, denkt Kassandra. Oder Flaschendrehen gespielt. Oder vor Freunden an der Stange getanzt.

»Und was macht ihr mit denen, die nicht keusch vor der Ehe sind? Sollen die dann auch nicht mehr zur Gruppe gehören? Oder sollte man sie besser noch: für ihr Verhalten bestrafen?«

Die Strenge schnalzt mit ihren jungen, vollen Lippen.

»Wenn es aus echter Liebe passiert und beide nicht mehr bis zur Hochzeit warten wollen, kann ich es vielleicht noch verstehen. Aber nicht, wenn eine jedes Wochenende nen anderen Typen abschleppt.«[2]

Ist das für sie ein Hinweis auf Nymphomanie, eine Persönlichkeitsstörung mit F-Diagnose?, denkt Kassandra.

»Und was ist mit den Männern?«, fragt sie. »Die sind doch die viel größeren Aufreißer.«

Benedikta schaut Kassandra an, als hätte sie gerade den Teufel erwähnt.

»Und überhaupt, es ist doch nur fortschrittlich, wenn eine Frau sich die Freiheit rausnimmt, ihre Lust auch auszuleben. Wenn wir mal dahin kämen, dass ALLE Frauen, auch die traditionellen Musliminnen oder Hindus oder sonst wer, frei darüber entscheiden könnten, mit wem sie schlafen möchten – und das nicht nur zur Fortpflanzung, sondern sogar nur zum Spaß![3] Das wäre meiner Meinung nach das Ende des Patriarchats und die Welt wäre erlöst von all der Dummheit, die dahintersteckt.«

Benedikta schaut sie verständnislos an. In ihrem Vokabular ist ein Patriarch immer noch ein Würdenträger, vielleicht sogar ein Heiliger, aber gewiss kein Unterdrücker. Und Kassandra staunt, dass der emanzipatorische Kampfbegriff bei Benedikta so gar nicht zieht. Daraufhin herrscht erst mal Stille am Check-Point der Toleranz.[4]

Zurück im Abteil kommt Kassandra mit einer sympathischen, aufgeklärten Pilgerin ins Plaudern. Sie heißt Fanni

---

2 Epiphanie der Eva.

3 Zum Genuss, zur Steigerung der Lebensfreude und Bejahung der Existenz; zur Erlösung des Seienden aus den Wirren des Seins durch ein körperliches Phänomen. Eine Erscheinung, die alle Sinne im Jetzt versammelt. Im Hier. Bei dir.

4 *Ziehen Sie eine Nummer, und begeben Sie sich in eines der hinteren Wartezimmer.*

und hat vorübergehend bei ihnen Platz genommen, weil es in ihrem eigenen Abteil gerade viel zu voll ist.

Zwischen ihnen sitzen und liegen drei Kinder. Der Kassettenrekorder aus dem Spielerucksack dudelt vor sich hin. Anke hat ihren Kopf in Kassandras Schoß gelegt und lässt sich kraulen. Zwischendurch klatscht sie in ihre oder Kassandras Hände ein, wirkt fröhlich, wird aber dennoch immer schläfriger. Gegenüber zieht Fanni ihr Handy aus der Schürzentasche und schaut unzufrieden aus.

»Schlechte Nachrichten?«, fragt Kassandra.

»Wie man's nimmt.«

»Was ist denn los?«

»Mein Freund meldet sich nicht mehr und ist seit gestern Nachmittag offline.«

»Könnte was passiert sein?«

Fannis Gesicht verdunkelt sich, als käme ihr in den Sinn, wie der Freund den Vibrationston seines Handys ignoriert, weil er gerade die Haut einer anderen beschnüffelt. Gestern war Samstag und morgen ist Pfingstmontag, also Feiertag. Seine Freundin würde für eine Woche weg sein, besser könnte der Zeitpunkt kaum sein, um mal wieder den Hallodri rauszulassen.

»Wie lange seid ihr schon ein Paar?«

»Fünf Jahre. Und seit zweien wohnen wir zusammen.«

»Mit oder ohne Sex?«

Zu spät. Fanni schaut Kassandra an, als bräuchte sie jetzt nicht albern werden.

»*Mit* natürlich.«

»Das ist hier aber nicht selbstverständlich«, sagt Kassandra. »Ich hab gerade eine kennengelernt, die hat garantiert noch nie und findet es auch nicht gut, wenn andere es tun. Da ist natürlich sofort eine Diskussion ausgebrochen.«

»Ich weiß, solche gibt es hier natürlich auch«, sagt Fanni. »Der Antonius zum Beispiel ist so ein Ultra-Katholik. Sexuell geht bei dem vor der Ehe gar nichts. Und auch das nicht …« Fanni wedelt mit der Hand vor ihrem Schoß.

Kassandra staunt. »Das finde ich bemerkenswert. Da läuft er ja auf Priesterlevel mit. Den würde ich gern mal interviewen.«

»Könntest du, er redet ganz offen darüber. Er sagt, der Drang lässt mit der Zeit nach, alles eine Frage der Übung. Aber ich kann mir einfach nicht vorstellen, dass das gesund ist.«

»Ich auch nicht. *Sex heals the world.*«

Fanni lächelt, schaut aus dem Fenster und streichelt ihren Bauch. Als sie es bemerkt, erschrickt sie und zieht die Hand zurück.

»Kassandra, mit dir kann man echt gut reden.«

»Mit dir erst.«

»Wie alt bist du eigentlich?«

»Neunundzwanzig. Und du?«

»Neununddreißig. Da haben wir also beide nen runden Geburtstag vor uns.« Kassandra lacht laut, damit es nicht bitter klingt. Wobei sie eigentlich keinen Grund hat, bitter zu sein. Sie mag ihren Job[5], sie mag ihre Stadt[6], sie mag ihr Leben[7]. Aber trotzdem.

»Ich hätte lieber nen Vierzigsten vor mir«, sagt Fanni.

»Weil du dann wüsstest, wie es ausgegangen ist?«

Fanni nickt.

---

5 Dozentin am Deutschen Archäologischen Institut.

6 Berlin, Kreuzberg.

7 Konferenzen, Vernissagen, Restaurants, Clubs und Festivals; ausreichend Liebhaber*innen.

»Das Einzige, was ich sofort mit einer Dreißigjährigen tauschen würde, ist die Haut. Und die Torschlusspanik. Die war mit dreißig wenigstens noch hypothetisch.«

»Aber trotzdem schwer auszuhalten«, sagt Fanni und lockert den Knoten um ihre Schürze am Bauch.

»Ich kenne das«, sagt Kassandra mitfühlend, obwohl ihr die Rolle der älteren Schwester nicht liegt, schließlich tut sie sonst alles, um die Lücke zu kaschieren – *my urban life is soooo fabulous and complete!* –, aber jetzt: nach dem Füttern, Spielen und Schmusen mit Anke bröckelt die Anti-Mama-Fassade. Aber genau das hatte sie ja gewollt / gesucht / gefunden.

Maria, Mutter voll der Gnade – wir kommen!

»Auf den Schreck hin hab ich sogar geheiratet«, erzählt Kassandra. »Aber ich sag's dir: Das war keine Liebe, das war vor allem der Fortpflanzungstrieb.«

»Du bist verheiratet?«

»Nicht mehr. Wir sind geschieden.«

Kassandra lässt Fannis Schrecken durch sich hindurchrieseln und schaut auf ihren Finger, auf dem früher drei Ringe steckten: einer zur Verlobung, eine Morgengabe und der Ehering. Fanni fragt:

»Habt ihr Kinder?«

»Leider nicht.«

»Leider?«

Diese neue Ehrlichkeit ist unbequem, denkt sie und versucht abzulenken:

»Willst du deinen Freund heiraten?«

Fanni lässt sich Zeit mit der Antwort.

»Ja doch, na klar. Aber ich will ihn auch nicht drängen.«

»Was macht er beruflich?«

»Er ist Berater bei BCG. Und dein Ex, was hat der gemacht?«

»Welcher?«

»Dein Ex-Mann – an wen hast du gedacht?«

»An meine letzte Beziehung.«

»Okay, dann eben der.«

»Der war Künstler.«

Künstler-Sein, das ruft in Fannis Augen Interesse und Bohème-Fantasien hervor, also schiebt Kassandra, wie um einen Zauber zu brechen, schnell noch hinterher:

»Wie sich herausstellte, war er leider ein hoffnungsloser Egomane. Das hatte schon krankhafte Züge.«

»Aber wenn er krank ist, könnte ihm vielleicht ein Lourdes-Wunder helfen.«

Kassandra lacht.

»An die Option denkt man viel zu selten.«

»Ist es okay für dich, wenn ich mal ne halbe Stunde weg bin?«, fragt Fanni, nachdem sie eine Weile geschwiegen haben. »Ich wollte noch zur Beichte gehen.«

»Das kann man auch im Zug?«

»Ist sogar viel besser. In Lourdes hab ich noch nie die Ruhe dafür gehabt.«

»Ja klar, mach das. Kein Problem. Wir schaffen das schon. Aber eine Frage vorher noch: Was sind Sünden für dich?«

»Po-Sex«, witzelt Fanni, doch Kassandra ist sich nicht sicher, ob das ein Scherz ist.

»Sünde ist so ein altes Wort. Für mich sind Sünden Fehler, die ich gemacht habe, und die mir jetzt leidtun.«

Kassandra schlägt sich mit der Faust drei Mal auf die Brust.

»Schuld. Schuld. Meine große Schuld.«

»Und Po-Sex, natürlich.«

Beichte I

»Fanni, meine Süße. Hätte ich ja nicht gedacht, dass ich so schnell schon von dir höre.«

»Ha ha ha. Ich auch nicht.«

»Wo bist du? Es ist so laut bei dir.«

»Im Zug. Wo erwische ich dich gerade?«

»Auf der Autobahn. Warte mal, ich muss dich kurz einstöpseln. So, jetzt. Wie geht's dir?«

»Alles ganz schön krass. Ich sehe mal wieder aus wie eine Krankenschwester aus dem 19. Jahrhundert.«

»Sexy. Du musst mir unbedingt ein Foto schicken.«

»Warte. Moment …« *(Laute Hintergrundgeräusche bei Fanni.)*

»Was war los?«

»Ach, da kamen nur welche vorbei. Gar nicht so einfach, hier ein ruhiges Plätzchen zu finden. Jetzt ist besser. Hocke auf den Wasserkästen im Lager. Pass auf, ich muss dir was erzählen. Hallo?«

»Ja ja, ich bin noch dran.«

»Also, Alexander und ich waren doch gerade in Vietnam.«

»I know. Und?«

»Hör zu: Was ich dir jetzt sage, habe ich noch niemandem erzählt. Das muss unter uns bleiben!«

»Klar. Schieß los.«

»Also, auf der Reise nach Vietnam habe ich bewusst meine Pille zu Hause liegen lassen. Aber Alexander habe ich gesagt, ich hätte sie wirklich vergessen … oh Gott, ich habe ihn …«

»Bevor du weiterredest: Das finde ich völlig nachvollziehbar. Ihr seid schon so lange zusammen. Du bist die Frau, und du gibst den Rhythmus vor, und wann du damit anfängst, ist deine Entscheidung.«

»Kannst du es echt verstehen? Ich kann dir

nicht sagen, was mir jetzt für ein Stein vom Herzen fällt.«

»Natürlich kann ich das verstehen.«

»Aber das ist doch auch seine Entscheidung!«

»Männer können so was nicht entscheiden, das überfordert die. Alexander kriegt es ja nicht mal hin, dir einen Antrag zu machen. Oder hat er dir etwa in Vietnam einen Antrag gemacht?«

»Das hätte ich dir doch längst erzählt. Aber irgendwie sind wir jetzt trotzdem einen Schritt weiter. Das sah am Anfang nicht danach aus. Denn soll ich dir mal erzählen, wie er reagiert hat?«

»Ja, bitte. Oh nein, warte, bei mir klopft es an, meine Chefin, egal, die muss jetzt mal warten. Weiter!«

»Eigentlich wollte ich es ihm erst erzählen, wenn wir angekommen sind. Aber dann habe ich es nicht mehr ausgehalten. Ich habe immerhin bis zum Flughafen in Abu Dhabi gewartet, als wir umsteigen mussten.«

»Und? Wie hat er reagiert?«

»Er hat Kondome gekauft.«

»In Abu Dhabi kann man Kondome kaufen?«

»Damit habe ich auch nicht gerechnet. Du kannst dir nicht vorstellen, wie ätzend ich das fand. Erst recht, als sie dann zum Einsatz kommen sollten.«

»Habt ihr dann überhaupt noch miteinander geschlafen?«

»Es gab halt jedes Mal eine Diskussion, ob mit oder ohne – bis er nachgegeben hat.«

»Gratuliere.«

»Und nun bin ich drüber.«

»Echt?! Wie lange schon?«

»Einen Tag.«

Draußen steht der Weizen still

Das Telefonat ist beendet. Fanni steckt das Handy in ihre Schürze und steht auf. Der Zug fährt immerhin wieder, wenn auch langsam. Es ist heiß. Zwischen den geöffneten Fenstern hängt ein vergilbter Spiegel. Sie betrachtet sich darin und findet, dass ihre Gesichtszüge nun entspannter wirken. Die Beichte hat ihr offensichtlich gutgetan.

Okay ist es deswegen noch lange nicht, denkt sie. Da liegt noch was im Argen.

Sie zieht ihren Mascara aus der Schürzentasche.

Man könnte meinen, dass ich ihm ein Kind unterjubel. Was ist nur los mit mir?

Sie tuscht sich die Wimpern und tupft rund um die Augen kleine Tropfen cremigen Concealer auf. Dann zieht sie das Häubchen aus der Tasche, schüttelt ihr Haar aus und bindet sich einen Dutt. Sie prüft, ob die Kappe mit Ordenskreuz-Button auf die richtige Seite gedreht ist, und legt das Häubchen auf den Haarkranz.

Komisch, dass die Häubchen dieses Jahr schon im Zug ausgeteilt wurden, denkt sie. Normalerweise gibt es die erst in Lourdes. Aber gut, ihretwegen gern. Sie mag das Häubchen. Sie weiß, was es alles kann.

Sie greift die Schnüre am Ende der Kappe und bindet sich eine feste Schleife im Nacken. Dann zieht sie das Haargummi ab und lässt ihre langen Haare über die Schultern fallen. Im Zug werden offene Haare ja wohl noch erlaubt sein. Sie betrachtet sich im Spiegel. Ihre Augen wirken nun größer, der Mund voller, die Züge weicher, als könne sie kein Wässerchen trüben.

»Wie bei Dorian Gray!«[8]

Sie fingert einen Klumpen Tusche aus den Wimpernspitzen und ahnt bei ihrem letzten Blick in den Spiegel, dass sich über sie eine Anmut gelegt hat, von der man nicht so leicht sagen kann, woher sie stammt.

Vor dem Raucherabteil bleibt sie im Gang stehen. Hier sitzen Oki und Stoffi, unterhalten sich und bemerken sie nicht. Sie lehnt sich an die einen Spalt offen stehende Tür und wartet ab. Oki entdeckt sie als Erster, seine Augenbrauen ziehen steil nach oben, als hätte sie jemand an einem Faden hochgezogen. Er schaut Stoffi an, als wollte er ihn warnen, und versucht, nicht zu lachen. Doch was er an den Mundwinkeln erfolgreich unterdrückt, macht sich um die Augen nur umso stärker bemerkbar: Sein Gesicht ähnelt jetzt einer venezianischen Maske, einer gepuderten Operetten-Figur, die Zeuge eines unerhörten Ereignisses wurde.

Jetzt merkt auch Stoffi, dass sich etwas zugetragen haben muss, und entdeckt im Augenwinkel die schöne Schwester. Hektisch wechselt er das Thema, wobei seine Stimme in einen schrillen, oberbayerischen Soziolekt verfällt.

Jetzt hat er's, denkt Fanni und setzt sich neben ihn aufs Polster. Sie klopft ihm auf den Oberschenkel, woraufhin er mit Blick auf ihre Hand erstarrt.

Ist ja gut, so ist er fein. Das ist doch nur ein Häubchen.

Stoffi lacht schrill und versucht, seine Geschichte zu Ende

8 *Herr, ich bin Deiner nicht würdig, aber bitte, lass uns ab jetzt das Beste daraus machen!*

zu erzählen, aber nicht mal Oki weiß jetzt noch, wovon Stoffi redet. Oki hebt den Finger und legt ihn sich auf die Lippen.

»Schhhhhh, Stoffi, du kannst leiser sprechen. Der Zug fährt nicht mehr.«

»Aber eben ist er doch noch gefahren.«

»Aber jetzt nicht mehr, merkst du was?«

Fanni wundert sich, dass Stoffi überhaupt so viel Energie aufbringen kann, irgendwas zu erzählen. Ihr ist so heiß, dass sie nicht mal mehr den Arm heben möchte. Es gibt jetzt keinen Fahrtwind mehr. Die Sonne knallt auf den Zug und macht aus ihnen allen Brathähnchen.

Fünf Minuten zuvor im Raucherabteil

Stoffi schmeißt sich aufs staubige Zugpolster und stößt einen alpinen Freudenschrei aus.

»Sie haben die Häubchen ausgeteilt!«

Oki grinst. Der Erstpilger neben ihm, mit Hipsterbart einer der wenigen Unrasierten im Zug, schaut Stoffi fragend an. »Kommt da noch was oder war's das?«

Oki und Stoffi tauschen schnelle Blicke.

»Die Schwesternkleider hast du dir doch bestimmt schon genauer angeschaut.«

»Gar nichts hab ich.«

»Ach, verstell dich nicht. Brauchste gar nicht erst versuchen«, feixt Stoffi, »das hältst du in Lourdes eh nicht durch.«

»Wohin soll ich denn da gaffen?«, wehrt sich der Neuling. »Glaubt mir, da hab ich schon heißere Outfits gesehen als diese blau-weiß gestreiften Säcke.«

Oki gluckst.

»Aber die Häubchen!«

Der Frischling tippt sich an die Stirn.

»Ihr habt doch ne Macke.«

»Erklär du's ihm.«

Oki bekommt vor Lachen kein Wort raus. Stattdessen ahmt er mit Zeigefinger und Daumen zwei runde Brillengläser nach und hält sie sich vor die Augen. Dann vergrößert er den Rahmen, indem er den Kreis öffnet; jetzt schaut es aus wie eine Taucherbrille. Stoffi brüllt los und wischt sich theatralisch eine Träne aus dem Auge. Der Hipsterfrischling drückt seine selbst gedrehte Zigarette im Aschenbecher aus und steht auf.

»Ihr seid doch hohle Affen. Keine Ahnung was ihr genommen habt, aber ich hoffe, ihr habt mir was übrig gelassen.«

»Was meinst du Oki, sollen wir es ihm verraten?«

Oki schüttelt den Kopf.

»Das soll er mal selbst herausfinden.«

Aufbegehren II

In einem der Teamabteile fischt Fanni ihr Deo aus der Tasche und schnüffelt daran, als wäre es Kleber. Sie will unbedingt den Muff des Zuges aus ihrer Nase vertreiben. Klappt aber nicht. Sie zieht ihren Schlafsack aus der Hülle und breitet ihn auf der mittleren bereits ausgeklappten Liege aus, die ihr die liebste ist. Von hier aus kann man beim Einschlafen am besten aus dem Fenster gucken und sich fühlen wie im Film.

Die Tür geht auf, N. N. betritt das Abteil. Im Arm hält er einen großen Stapel Wäsche und verteilt auf jedem der sechs Schlafplätze ein Laken und einen Kissenbezug.

»Was ist?«, fragt Fanni. »Du schaust so.«

N. N. grinst, schaut sich nach ungewollten Mithörern um und flüstert:

»Hast du auch schon gehört, dass wir diese Woche eine neue Führung kriegen?«

»Wie bitte? Das glaub ich nicht.«

»Oh doch, Gabriel will aufhören.«

»Das sagt er doch seit Jahren.«

»Aber jetzt wird's ernst.«

»Und wer bitte soll sein Nachfolger sein?«

Fanni ist skeptisch.

»Dann muss *sie* aber auch abtreten!«

»Das glaubst du doch im Leben nicht, dass unsere liebe Magdalena freiwillig geht.«

»Aber sie sollte, nein sie muss! Dafür wird man ja wohl sorgen können! Sie ist entsetzlich, und sie wird sich nie ändern. Und wenn Gabriel sie nicht mehr schützt, sehe ich da keine Chance. Die hat doch hier nur noch Feinde.«

»Und Verehrer. Aber sie lässt keinen ran, nie!«

»Das weißt du sicher?«

N. N. schmunzelt.

»Wenn nicht du, wer dann.«

Gerade als es spannend wird, klopft es, und die Tür wird aufgezogen. »Die Nachtwache braucht dich«, sagt eine der Saalschwestern zu Fanni. »Es gibt ein Problem mit deinem Kind. Schnell!!«

Stoßgebet

Kurz darauf kniet Fanni vor ihrem Kind. Sara schlägt unkontrolliert mit den Armen um sich. Fanni versucht, sie irgendwie festzuhalten, damit sie sich nicht am Eisengestell verletzt.

»Ruhig, alles gut … nicht der Kopf jetzt auch noch …«

Endlich sinkt Sara zurück auf die Liege. Und Fanni bittet einen Pilger-Kollegen, ihr eine Gaffa-Rolle zu holen.

»Ich muss die Kanten besser abkleben.«

Während sie warten, legt sie ihre Hände auf Saras Bauch und fängt an, »La Le Lu« zu singen. Sie öffnet den verrutschten Sicherheitsgurt. Aber als sie den Riemen wieder schließen will, ist er zu kurz. Sara fängt wieder an zu zappeln.

»Sch sch sch, nicht so doll, meine Süße, keine Sorge, das kriegen wir schon hin. Hey … nicht mit dem Knie gegen die Wand, aua, das tut doch weh!« Aber Sara kann ihre Bewegungen nicht mehr kontrollieren, ihr Körper zuckt, als würden Elektroschocks durch ihn hindurchfahren. Mach, dass es aufhört!, fleht Fanni stumm, da kommt der Co-Pilger zurück.

»Hier ist das Gaffa. Kommt ihr klar?«

»Geht so.«

Fanni fallen die Augen zu und bleiben einen Moment zu lang geschlossen.

»Kannst du mir die Judith holen?«

»Wer ist noch mal Judith?«

»Eine der Betreuerinnen aus dem Heim. Die kennt sich mit ihr aus. Sara ist bei ihr in der Gruppe.«

»Bin gleich wieder da.«

Gleich klingt gut. Fanni beugt sich zu Saras Kopf runter, näher an ihr Ohr, hält sie im Arm und singt weiter: »… nur der Mann im Mond schaut zu …« Ob Sara sie hören kann? Die Kleine hat weiterhin große Mühe, überhaupt ordentlich Luft zu kriegen. Panik steht ihr in den Augen.

»Ich kann dich hören … alles wird gut«, flüstert Fanni. »Gleich kommt Judith, gleich kommt Hilfe. Wir schaffen das – einatmen, ausatmen – und an was Schönes denken …«, sagt sie. Und denkt: Wo hat er das Klebeband hingelegt? Verdammt noch mal, es war doch gerade noch hier, wo ist es denn nun? Ich kann doch nicht jetzt schon schlappmachen. Wie gingen noch mal die Stoßgebete aus dem letzten Jahr?[9]

»Was ist los bei euch? Was ist passiert?«

Fanni schaut hoch. Judith steht neben ihr, und wie durch ein Wunder hat Sara aufgehört zu zucken und liegt erschöpft da.

»Ich glaube, sie hatte einen Anfall«, sagt Fanni.

»Das kann gut sein. Das gehört zu ihrer Spastik leider dazu. Jetzt hat sie sich ja schon beruhigt. Falls es schlimmer wird, haben wir ihr Notfallmedikament dabei, keine Sorge. Aber, ach nee …« Judith zeigt auf den Gurt. »Wie habt ihr denn den drangemacht? Das ist falsch herum.«

Fanni sackt innerlich zusammen. Es war höchst kompliziert gewesen, den Gurt durch den schmalen Schlitz zu schieben. Sie hatten die Liege komplett hochklappen müssen. Hatten Sara zu zweit auf das gegenüberliegende Bett

9 *Herr, sende aus deinen Geist und alles wird neu.*

heben müssen. Fanni will noch eine Warnung aussprechen, wie kompliziert die Fixierungsgurte sind, aber da hat Judith schon losgelegt. Sie zieht Sara in die Aufrechte, indem sie ihr den Arm unterschiebt, die Beine anwinkelt, und »net so zapple« sagt. Dann hievt sie Sara übers Knie und setzt sie auf der Liege gegenüber ab.

»So, jetzt kannst du den Gurt rausziehen.«

»Du bist ja stark, dass du sie alleine schaffst.«

»Alles eine Frage der Technik.«

»Meine Bewunderung könnte größer kaum sein.«

Zehn Minuten später, als der Gurt endlich wieder richtig angebracht ist und sicher nicht auf Saras Sonde drückt, fällt Fanni das zweite Stoßgebet wieder ein.

Herr, komm und öffne mein Herz!

– Well I did.

Aufbegehren III

Am nächsten Zugfenster flüstert einer dem anderen ins Ohr:

»Hast du schon gehört, dass unser Zugchef aufhören will?«

»Das sagt er doch jedes Jahr.«

»Ich weiß, aber diesmal wird es ernst. Sie wollen noch auf der Fahrt seinen Nachfolger bekannt geben.«

»Wer hat dir das erzählt?«

Ein Name wird geflüstert.

»N. N. ist ein Schwätzer. Genau wie die Mutter. Die ganze Familie der n. N.s besteht nur aus Schwätzern.«

»Nein, echt, es werden schon Namen gehandelt.«

»Und wer, bitte?«

»Überleg mal, es muss ja einer aus dem Team sein. Warum nicht Markus?«

»Zu alt, der ist doch schon über vierzig. Du musst die Jungen rankriegen.«

»Aber Markus ist im Orden und …«

Verschwörerische Blicke werden ausgetauscht.

»… in die Krone kann ihm auch keiner pinkeln. Ist ja ne geschlossene.«

Beide freuen sich darüber, den lumpigen Standeswitz mal wieder rauszukramen; das wird man ja wohl noch sagen dürfen.[10]

10 #birthisaprivilege.

Dienstschluss

In den Abteilen werden die Kinder für die Nacht umgezogen, gewickelt, die Zähne über Waschschüsseln geputzt und Sicherheitsstangen an den oberen Etagenbetten angebracht; dann wird gemeinsam ein Abendlied gesungen und gebetet, und zum Schluss zeichnet Priester Kurt jedem Kind ein Kreuz auf die Stirn. Von nun an übernimmt die Nachtwache, Feierabend für den Rest.

Im Raucher-/Lagerwaggon greift Kassandra sich eine Flasche Vi-Qua-Weinschorle und stellt sich an ein offenes Fenster, durch das endlich laue Abendluft hineinströmt. Im Speisewagen hat das Team-Abendessen begonnen, aber Kassandra hat keinen Appetit auf Gulaschkanone. Einen Moment lang kann sie kaum glauben, dass dieser entsetzlich heiße Tag tatsächlich ein Ende gefunden hat.

Oki steht am selben Fenster.

»Möchtest du auch eine?«, fragt er und hält ihr seine Zigarettenschachtel hin.

»Danke, nein, ich habe ja meine E-Zigarette.«

»Ah ha, und kommst du damit gut zurecht?«

»Eigentlich schon. Manchmal rauch ich auch eine echte, aber viel seltener als früher. Aber hier wird wahnsinnig viel geraucht, kann das sein?«

»Genau wie in der Psychiatrie«, sagt er und schaut aus, als könnte er sich dafür auf die Zunge beißen; normalerweise würde er sich nie verplappern. Warum jetzt? Wahrscheinlich sind diese großen türkisen Augen schuld, die dafür sorgen, dass man glaubt, ihr alles anvertrauen zu können.

Kassandra schaut ihn an. Kommt da noch was?, denkt sie gelassen. Ein typisch urbaner Emotalk vielleicht? Davon hat sie in Berlin, diesem Biotop für Durchgeknallte und Psychopathen, mehr als genug. Langsam wird sie ungeduldig. Wann kriegt sie hier endlich einen echten Katholiken zu fassen? Einen, der seine Probleme von Gott lösen lässt und nicht von Pillen und Psychologen?

»Was machst du eigentlich sonst so im Leben?«, fragt sie Oki, um irgendwas zu sagen. Die plötzliche Stille strengt an.

Sein Gesichtsausdruck verdunkelt sich schlagartig. Zu cheap? Auch ihr kommt es absurd vor, nach so einem Tag eine Floskelfrage wie diese zu stellen, aber irgendwo muss man ja anfangen.

»Dies und das«, sagt er und wirkt plötzlich verschlossen.

»Klingt, als würdest du auch in Berlin leben.«

Ihre Worte scheinen gar nicht zu ihm durchzudringen. Er wirkt einen Moment lang wie weggebeamt, als hätte ihn eine innere Angelegenheit in Beschlag genommen, die so dringlich zu sein scheint, dass die Verbindung zur Außenwelt gekappt wurde.

Wie gerufen stellt sich Silberfuchs Georgie zu ihnen und legt Oki eine Hand auf die Schulter. Als Oki nicht reagiert, schaut Georgie Kassandra erwartungsvoll an, woraufhin die von ihrem Tag zu erzählen beginnt.

»Und wie ist es bei Ihnen gelaufen?«, fragt sie schließlich. »Welches Kind betreuen Sie?«

Georgie schaut sie irritiert an. Ihre Ausdrucksweise ist verdächtig: Wer siezt wie ein Bürgerlicher, kann nicht aus demselben Teich stammen, denn da begegnet man sich familiär, auch wenn man sich gerade erst kennenlernt. Theoretisch wäre es sogar möglich, dass auch Kassandra in dieser Pilgergruppe auf Cousins und Cousinen trifft, schließlich ist ihre Mutter eine geborene Gräfin N. N. Diese Seite ihrer Herkunft ist ihr jedoch immer fremd geblieben, ihre Mutter hatte bürgerlich geheiratet und sich in den Siebzigerjahren strikt von ihrem adeligen Umfeld abgelöst, um ein individuelles Leben zu führen.[11]

»Also erst einmal duzen wir uns hier alle«, sagt er freundlich. »Ich bin der Georgie.« Er gibt ihr ein Bussi links und eins rechts. »Und ich habe kein Kind hier. Schon lange nicht mehr.«

»Wie oft waren Sie – warst *du* schon in Lourdes?«, fragt Kassandra.

»Habe aufgehört zu zählen«, sagt Georgie. »Ich fahr seit vierzig Jahren hierher, manchmal auch mehrmals jährlich.«

»Klingt für mich nach einer ordentlichen Lourdes-Obsession«, sagt sie frech.

Georgie lacht schallend auf und schlingt die Arme um seinen Oberkörper.

»Obsession? Lourdes ist doch keine Obsession. Kriegt ihr eigentlich gar nichts mehr beigebracht, bevor ihr auf die Heilige Reise dürft?«

»Meinst du die Einführungsveranstaltung? Da gebe ich dir recht, das kann man noch verbessern. Ich hätte gerne mehr über den Wallfahrtsort gehört als über den Dresscode. Aber gut, ich hab mich ja eingelesen.«

---

11 Statt aus ihr einen standesdünkelnden Snob zu machen, hatte Kassandras Mutter immer darauf geachtet, ihr einen Sinn für Gleichheit und Gerechtigkeit beizubringen; zwei Werte, die grundsätzlich im Konflikt zum Selbstbild der (ehemals) besitzenden Klasse stehen.

Neben ihr zuckt ein Pilger zusammen. Kritik an der Leitung gehört nicht zum guten Ton; der Typ rückt ab und begibt sich in die Nähe hoffentlich frommerer Leute. Oki ist ebenfalls alarmiert, weil er Georgies Temperament kennt, und tatsächlich baut der sich nun vor Kassandra auf, als würde er nicht nur zu ihr, sondern zu seinem Volk unter dem Balkon sprechen.

»Nichts wisst ihr von der Gnade der Muttergottes!«

Endlich ein Hardliner!, denkt Kassandra glücklich und weicht keinen Schritt zurück. Muttergottes, wie hübsch er das sagt, so absolutistisch, so verlebendigend. Als würde er es nicht mehr glauben, sondern bereits wissen. Woher stammt diese Sicherheit? Ist es, weil …

»Hast du schon mal ein Wunder erlebt?«, fragt sie.

Er lächelt besonnen.

»Ich selbst nicht«, sagt er nun ruhig, »aber ich kenn da mehrere. Den Stoffi zum Beispiel. Er hat Lourdes-Wasser mit nach Hause gebracht, und die Tante Sissi hat's von ihrer Gicht geheilt.«

Kassandra versucht, irgendetwas Ironisches in seinem Blick zu erkennen, aber da ist nichts.

»Und die Genesung lässt sich ganz sicher aufs Lourdes-Wasser zurückführen?«

»Ja, selbstverständlich.«

»Diese Gewissheit hätte ich auch gern.«

»Das kann schneller gehen, als du glaubst.«

Sie schaut ihn neugierig an und denkt: Da hätte ich nichts dagegen.

Erleuchtung

Selten genug fühlt Georgie die Verlockung, eine Ahnungslose in die Geheimnisse seiner Loge einzuweihen; in Kassandras Augen aber entdeckt er einen reizvoll illuminierten Glanz. Er beginnt zu erzählen: Auf seiner ersten Lourdes-Fahrt hat er eine Erfahrung gemacht, die made him believe in things like heaven and in Jesus and the saints and all the prophets. Er war nachts zur Grotte gelaufen, dem historisch belegten Ort der Marienerscheinung, um – ja, um was eigentlich zu tun? Zu bitten? Zu staunen? Zu danken?

Am Tag hatten sich hier Massen an Gläubigen entlanggeschoben und den Felsen geküsst. Nun aber war keiner mehr da außer einer Nonne, die vor ihm auf dem Steinboden kniete. Hinter ihm rauschte der silbergraue *Gave de Pau*. Am weißen Altar brannten Hunderte Kerzen, dahinter sprudelte die heilige/heilende Quelle aus den Tiefen des Gesteins – oh Freude der Begegnung! Damals, im Jahr 1858, hatte die vierzehnjährige Seherin Bernadette die Quelle während einer Vision ausgegraben; bald darauf ereigneten sich im Kontakt mit dem Wasser die ersten Wunderheilungen: ein gelähmter Arm ließ sich wieder bewegen, blinde Augen konnten wieder sehen. Umgehend brach ein über die Landesgrenzen hinausgehender Wundertourismus los, der bis heute anhält.

In jener Nacht betrachtete Georgie das Diorama in der Grotte, mit dessen Hilfe ein Frischling sich die Geschichte besser vorstellen konnte. Die angestrahlte Marienstatue war am Felsen angebracht, als würde sie schweben. Sie trug ein weißes Gewand und einen ibizablauen Schal, zu ihren nackten Füßen wuchsen Rosenblüten. Plötzlich verschob sich der Boden unter seinen Füßen. Etwas erhob ihn. Er konnte seinen Augen kaum trauen, doch er schwebte mehrere Zentimeter über der Erde. Er hatte kein Vaterunser und kein Ave-Maria gebetet. Er hörte keine göttlichen Stimmen. Sah keine Ahnen in den Schatten der flackernden Kerzen, keine Scherenschnitte göttlicher Schönheit. Ohne Hunger oder Durst, Ekel oder knirschende Zähnen schwebte er, seine Füße hatten keinen Kontakt mehr zum Boden. Da versagten ihm alle fünf Sinne und überließen ihn dem höheren Willen.

»In diesem Moment hab ich mich gefühlt wie noch nie zuvor in meinem Leben: versöhnt mit allem, was ich war, mit allem was ich bin und jemals sein werde.«

Das hört sich nach richtig gutem MDMA an, sagt Kassandra nicht.

Ankunft in Lourdes

Nach mediterraner Romantik am Morgen mit Blick aufs Mittelmeer wird die Landschaft vor den Zugfenstern nun stetig hügeliger und grüner. Sie nähern sich den Pyrenäen. Aufbruchsstimmung. Alles wuselt beschäftigt vor sich hin. Zwei Pilger gehen wie bei Easyjet mit einer großen Mülltüte rum, und die Saalschwestern lassen sich aufsagen, wer welchen Abteilrucksack trägt, und kontrollieren sorgfältig, ob alle ihre Schuhe getauscht haben. Das könnte man auch mit einem Augenzwinkern machen, denkt Kassandra, aber ihre Saalschwester schafft das nicht. Sie ist deutlich jünger als Kassandra, Anfang zwanzig vielleicht, und die Verantwortung lastet offensichtlich schwer auf ihr. Kassandra beschließt, es ihr so leicht wie möglich zu machen, und nickt brav, ja die Schuhe sind getauscht.

Nach der 30-Stunden-Fahrt rollt der Zug endlich in Lourdes ein. Erst rein in den Bahnhof bis vor den Bahnsteig – es rumpelt – und dann wieder raus.

»Steige mir net aus?«, fragt ein Junge, der seinen Kopf mit Zunge aus dem Mund aus dem Fenster streckt, um den letzten Rest des Fahrtwinds zu erfühlen. In welchem Jahr muss man geboren sein, um zu wissen, was der Zug macht, wenn er rangiert?, fragt sich Kassandra.

»Ich kann es gar nicht glauben, dass wir gleich endlich aus diesem Zug rauskommen.« Kassandra streckt den Rücken durch.

»Sechs Stunden Verspätung!«, sagt die einzige echte Nonne, die das Team begleitet und vorübergehend in Kassandras Abteil Platz genommen hatte. »Das hatten wir auch schon lang nicht mehr.«

Kassandra mustert die Nonne neugierig. Sie hat einen Damenbart und gütige, braune Augen. Ob sie … wirklich nie …?

»Wie lange tragen Sie den Schleier schon?«, fragt Kassandra schnell.

»Mein ganzes Leben schon«, sagt die Nonne, die das *Sie* nicht zu irritieren scheint.

Und gab's auch ein Leben davor?, möchte Kassandra gerne wissen, aber die Aura der Nonne lässt so eine Frage nicht zu, nicht bei den Hintergedanken.

Der Zug hat fertig rangiert und hält unter großem Getöse am Bahnsteig. Kassandra beobachtet, wie eine Pilgerin auf ihr Kind einredet, dass sie jetzt aussteigen wollen. Aber das Mädchen will nicht, weil seine Stoffmaus nicht will. Deshalb ist das Mädchen böse auf die Stoffmaus. Es fängt an zu heulen und rennt ins Abteil. Die Stoffmaus fliegt zurück auf den Gang.

»Wie klappt es bei euch mit dem Laufen? Kommt ihr bis zur Tür?«, fragt Kassandras Saalschwesterx.

»Eigentlich ganz gut«, sagt Kassandra. Sie nimmt Anke bei den Händen und zieht sie langsam auf die Beine, Anke hilft mit. Es schaukelt. Dann stehen sie.

»Super machst du das.«

Ankes Knie zittern. Sie sinkt zurück aufs Polster.

»Das ist kein Problem, die Männer können sie tragen«, sagt die Saalschwesterx.

»Anke wiegt bestimmt fünfzig Kilo, lass es uns noch mal probieren.«

Sie schiebt Anke die Arme unter und hievt sie mit Kraft aus dem unteren Rücken auf die Füße, vergisst dabei aber ihre Bauchmuskeln zu aktivieren und ihr Zentrum nach vorne zu schieben, weshalb sich mehrere Nervenstränge in ihrem Beckenknochen verknoten. Kassandra wird schummrig vor Augen, doch sie steht mit Anke eng umschlungen, sodass keine der beiden aus dem Gleichgewicht geraten kann; die zerrenden Nerven entspannen sich. Anke mag die Umarmung offensichtlich und drückt Kassandra eine Art Kuss auf den Hals.

»Ich dich auch, meine Puppe.«

Wie zwei Pinguine schunkeln sie über den Gang zur Tür. Dort strecken sich ihnen zwei starke Arme entgegen und ein Pilger, groß wie ein Grizzlybär, hebt Anke über die Zugleiter. Während sie warten, bis der Rollstuhl gebracht wird, hält er Anke im Arm wie ein Dornröschen und wiegt sie langsam hin und her. Und Kassandra denkt entzückt: Mit einem behinderten Kind im Arm würde wohl selbst ein Mafioso ausschauen wie ein frommes Lamm.

Dann betrachtet sie staunend ihr Kind: Ankes lächelnder Mund ist wunderschön, voll und rund wie der von Julia Roberts. Sie versucht, sich vorzustellen, wie das Gesicht aussähe, wenn Ankes Augen nicht so tief im Schädel säßen, der Kiefer nicht schief wäre und die Haut nicht so picklig durch den schlechten Stoffwechsel; wenn die Stirn gerade verliefe, und die Nase einen leicht geschwungenen Rücken hätte, die Augen klar geradeaus sehen könnten und dazu dann dieser Mund, dieser erdbeerrote Julia-Roberts-Mund.

Sie mag ihn, denkt Kassandra plötzlich. Anke mag diesen Mann, der sie gerade in den Armen hält, und deswegen lächelt sie so wunderschön wie in den letzten 24 Stunden noch nicht. Er gefällt ihr, und das zeigt sie ihm ganz unverstellt und blüht dabei auf wie eine Lotusblüte in der Morgensonne.

»Da geht's dir gut, so hoch oben auf dem Arm, was Anke?«, sagt eine Heimbetreuerin im Vorbeilaufen. »Sie flirtet doch so gerne.«

Die Empathiewellen hatten also recht, denkt Kassandra verblüfft. »Das fühlt sich an, als würde man eine neue Sprache lernen.«

Kassandra prüft gerade ihre Ausstattung, Pflege-Rucksack, Ankes Handgepäck, eigene Handtasche, als ein kleiner Mann in grauen Hosen sich Ankes Rollstuhl greift. »Passt auf, dass ihr euch von den *stagiaires* am Bahnhof nicht von eurem Kind trennen lasst«, hatte die Chefin in der Morgenansprache gesagt. Aber der schaut so nett aus, denkt Kassandra und lässt ihn.

Er ist sichtlich stolz, die anderen *stagiaires* haben keinen Kranken abgekriegt. Dann wird er hektisch, rennt los, ey, will er ihr das Kind klauen? Kassandra läuft ihm hinterher und hält ihn an den Schultern fest. *»Doucement«*, sagt sie, weiß in dem Moment aber nicht, ob das langsamer oder leiser heißt.

Dann bleiben sie abrupt stehen. Neben ihr hat sich ein Junge auf die Knie geworfen, er stößt gellende Schreie aus. Dann schlägt er sich mit aller Kraft gegen den Kopf. Ein *stagiaire* nimmt seine Hand und hält sie fest, aber das macht den Jungen nur noch wilder. Er brüllt und reißt sich los, schlägt um sich, beißt mit aller Wucht in seinen Handballen, bis das Fleisch weiß wird. Die Gruppe, die sich um ihn versammelt hat, weicht erschrocken zurück. Alle wollen helfen, aber das macht es nur noch schlimmer.

»Geht weg«, ruft sein Pilger. »Lasst uns allein!«

Da schlägt der Junge seinen Kopf auf den Steinboden. Beim zweiten Mal kann sein Pilger reagieren und hält seine Hand zwischen Kopf und Boden. Beim dritten Mal wieder. Der ausbleibende Schmerz macht die Handlung sinnlos. Der Junge bleibt schwer atmend auf dem Boden liegen. Die anderen umfahren ihn wie einen Unfall auf der Autobahn. Der Priester betet.

Kassandra fühlt sich, als stünde sie unter Schock. Ihr Hirn scheint ausgeschaltet zu sein. Wie eine Puppe folgt sie ihrem *stagiaire* in einen kargen Wartesaal. Das Einzige, was hier den Eindruck eines Pilgerorts vermittelt, ist die fehlende Werbung und ein Kreuz an der Wand, vor dem eine Marienstatue mit gütigen Augen und staubigem Damenbart steht. Der *stagiaire* verabschiedet sich und läuft zurück zum Gleis.

»Kannst du kurz ein Auge auf Miriam haben«, sagt jemand neben ihr.

»Kassandra, wir gehen los.«

»Kassandra?«

Kassandra läuft wie paralysiert die Rollstuhlrampe des Busses hoch und setzt sich. Den Großteil des Fahrzeuges nehmen die Rollstühle ein. Auf den Bänken rutschen sie jetzt enger zusammen.

Es ist heiß, bleibt heiß, schon wieder heiß, immer noch heiß. Wäre sie auf einem Elektro-Festival, würden jetzt Leute mit Wasserspritzen vorbeikommen. Der Bus fährt los, der Fahrtwind wird spürbar. Jemand fängt an zu singen, die anderen ziehen ihr Büchlein aus der Tasche und stimmen mit ein. In vierzehn Strophen wird nun der Glaube in verwandtschaftliche Verhältnisse mit Wind, Sonne, Regen, See, Blume, Samen gebracht; Demeter freut sich und streichelt das Korn. In Strophe sieben stirbt einer und trifft am Ende des Lebens einen Bruder: seinen Bruder den Tod/der nimmt Hast und Angst weg/schafft Ruhe und Frieden/und führt uns zu dir großer Gott.

Jetzt ist Kassandra wieder voll da. Sie singt mit und erhascht durch die Straßenschluchten einen Blick auf Lourdes, die Stadt zwischen grünen Bergen, auf neoklassizistische Häuser mit Vintage-Reklamen an den Giebeln. Über den Dächern thront eine alte Zitadelle mit dicken Mauern. Im hinteren Teil des Busses entdeckt sie den Terroristen von eben. Jetzt sitzt er ruhig in seinem Rollstuhl, bewegt den Kopf von Schulter zu Schulter und gibt glucksende Geräusche von sich.

Ob er merkt, wo sie nun sind? Was hat er gespürt, als er sich auf dem Bahnsteig auf den Boden schmiss? Was hat er empfangen?

Sakramentsprozession I

15.30 Uhr Aufstellen zur Sakramentsprozession
16.00 Uhr Sakramentsprozession

Es ist 15.35 Uhr. Siebzig Teammitglieder und vierzig Kinder versammeln sich vorm *Accueil*, so heißt der Gebäudekomplex, wo die Kranken untergebracht sind. Es soll keiner alleine loslaufen, auch wenn der eigentliche Sammelpunkt, von wo aus die Prozession startet, keine hundert Meter entfernt ist.

Das Team wird in Zweierreihen eingeteilt, bei der Laufordnung soll es bis zum Ende der Prozession bleiben. Es dauert, bis die Reihenfolge sich rumgesprochen hat: Nach vorne gehören die Rollis, dahinter folgen die blauen Rikschas, in denen je ein Kind von seinem Pilger gezogen wird.

Oki steht am Rand und prüft, wie die Gruppe sich dabei anstellt. Das Ergebnis gefällt ihm nicht. Die Frauen sollten auf der rechten Seite und die Männer auf der linken gehen. Das wäre einheitlicher. Ordentlicher. Symmetrischer. Eindrucksvoller. Er beginnt Anweisungen zu geben, wer mit wem den Platz tauschen soll. Sein Tonfall entgleitet ihm, wird zu scharf. Er spürt es selbst, aber er kann das in solchen Situationen nicht abstellen. Plötzlich klingt er wie sein verstorbener Vater, der früher viele Jahre lang das Etiketten-Amt innehatte, und früher war nun mal alles strenger. Die Jüngeren zucken zusammen, wenn er sie anspricht und hechten sofort auf den angewiesenen Platz. Die Älteren versuchen, gelassen zu wirken, und kooperieren. Nur eine Fünfzehnjährige fängt aus ihrer Rikscha heraus an zu motzen: Sie wollte neben ihrem Freund gezogen werden. Ihre Pilgerin redet auf sie ein, aber darauf hat sie erst recht keinen Bock. Sie springt aus der Rikscha und läuft zurück zur Krankenstation im *Accueil*, auf der die Pilgergruppe untergebracht ist.

»Seid ihr fertig dahinten?«, ruft der Zugchef.

»Gleich«, ruft Oki zurück und rennt dem Mädchen hinterher.

Vorne beschließt die Leitung, trotzdem schon loszugehen. Sie laufen am Fluss entlang, vorbei an einem plumpen, runden Kirchengebäude aus Beton und stoppen bald unter einigen großen Platanen. Warten. Am anderen Ufer sieht man von hier aus die berühmte Grotte von Lourdes, einen weißen Altar und in der Höhe auf einem Felsvorsprung: die Makellose als weiße Statue mit ibizablauem Schal.

»Die Prozession beginnt hier, weil von hier aus Bernadette zum ersten Mal die Muttergottes gesehen hat«, erzählt Kassandras Prozessionsnachbar.

Kassandra spürt einen Schauer über ihren Rücken laufen, vielleicht ist es aber auch nur der Wind. Sie sind umringt von anderen Pilgern, die ebenfalls einheitlich gekleidet sind, allerdings variiert der Dresscode von Gruppe zu Gruppe. Eine Abteilung vom selben Orden beispielsweise hat keine Overalls für ihre Männer. Denen reichen Janker, Schlips und Armbinde mit Ordenskreuz als Pseudo-Uniform. Andere Pilger sehen mit Halstuch und gleichfarbigem T-Shirt aus, als kämen sie direkt vom Kirchentag. Kassandra sieht nur eine Gruppe, die genauso stark verkleidet ist wie ihre. Das ist die spanische Abordnung des Notre-Dames-de-Lourdes-Ordens, weiß ihr Nachbar.

Kassandra betrachtet mit Rüschen verzierte Schürzen und zählt teure Sonnenbrillen. Dann entdeckt sie eine Gruppe, die doch noch alles toppt: Hier trägt man mittelalterliche Kostüme mit Puffärmeln und Federn an den Hüten, wie bei Shakespeare. Ein seltsames Theater, denkt Kassandra, das darauf besteht, NICHT auf einer Bühne stattzufinden. Kann man das alles überhaupt ernst nehmen?

Oki stößt wieder zur Gruppe, dicht gefolgt von einer Fünfzehnjährigen, die sich offensichtlich bereits in ihn verliebt hat. Kassandra schmunzelt.

Über die Reihen hinweg hört sie Fanni Oki zurufen:

»Wo sind die Mäntel?«

Niemand antwortet ihr.

»Was denn für Mäntel?«, fragt Kassandra ihren Nachbarn.

»Die Ordensmäntel. Das ist so eine Art *cape* für die Damen.«

»Oje, was habe ich jetzt schon wieder verpasst. Wo gab es die denn?«

»Anscheinend noch gar nicht. Hat ja keine einen an.«

Kassandra weiß nicht, was das bedeutet, aber Fanni schaut sauer aus, schnappt sich Oki und debattiert etwas mit ihm, diesmal aber im konspirativen Flüsterton.

What the f*** is going on?, denkt Kassandra.

Accueil – ein Jahr zuvor

Magdalena steht im Materialzimmer der Kinderstation vor einem ausklappbaren Handspiegel, der an einem Pappkarton lehnt. Ganzkörperspiegel gibt es hier nicht. Magdalena dreht sich von einer Seite zur anderen. Sie ärgert sich. Der Mantel ist zu kurz, dabei ist das schon einer von den längsten. Jedes Jahr das gleiche Problem, es gibt nur wenige Mäntel für Menschen in ihrer Größe. Im Gegensatz zum Mantel kann das Schwesternkleid nicht kurz genug sein, weswegen sie den Saum umnäht, drei Stiche reichen, die Schürze wird ebenfalls gekürzt. Dann verläuft die Kante eine Handbreit oberhalb des Knies. Genau wie es sein muss. Für sie.

Aber dieser Mantel geht gar nicht, der ruiniert die ganze Arbeit. Sie läuft aus dem Materialzimmer und geht zu der Kleiderstange, an der die Mäntel der anderen hängen. Ich bin schließlich die Chefin, denkt sie. Zu kurz, zu oll, ah hier, der ist gut, schön lang, noch tiefschwarz, und das rote Futter leuchtet kräftig und nicht ausgewaschen wie bei den anderen. Sie sucht das Namensschild, es ist Fannis Mantel. Die ist doch nicht mal eins achtzig, denkt Magdalena, die braucht doch nun wirklich nicht den längsten (und schönsten) Mantel. Und zurück vor den improvisierten Spiegel. Endlich stimmen die Proportionen. Sie wirft sich die Kapuze über. Jetzt schaut sie aus wie eine Mischung aus Schneewittchen, Rotkäppchen und Bernadette Soubirous: hohe Stirn, relativ dazu weit unten liegende Gesichtsmerkmale, große, runde

Augen, kurze *features* bei Nase und Kinn, runde Wangen und eine elastische, weiche Haut, *ja, du bist die Schönste im ganzen Land! (Da macht der Reiter plumps.)*

Sie bittet die Materialchefin um eine Schere und schneidet Fannis Namensschild ab. Kurz kommt sie sich komisch vor, aber dann denkt sie: Ich bin die Chefin, ich muss hier wirklich niemanden um Erlaubnis bitten! Aber Bescheid sagen sollte ich ihr dennoch.

Sie sucht Fanni auf der Station und findet sie im Schlafsaal Grün. Fanni liegt auf einem Bett und ruht sich aus. Das Kind sitzt neben ihr wie ein Buddha im Lotussitz, seine Hände stecken in Waschlappen, damit die Beißwunden nicht noch schlimmer werden.

»Hör zu, ich habe unsere Mäntel getauscht …«

Das hat sie nicht ernsthaft gemacht!, denkt Fanni.

»Ich habe das jetzt einfach entschieden. Du musst das verstehen, ich laufe schließlich ganz vorne, und da kann ich nicht so einen kurzen Mantel anhaben …«

Weib, du hast ne Macke!

»Also ich hoffe, du kannst das verstehen.«

»Magdalena, das ist mir wirklich vollkommen egal, wie lang mein Mantel ist.«

Magdalena nickt, gut so, und läuft aus dem Zimmer. Sie hängt den Mantel zu den anderen.

Später, als sie ihn braucht, bemerkt sie, dass sie offensichtlich vergessen hat, ihr Namensschild daran zu befestigen. Keine Chance, ihn wiederzufinden. Jetzt entgleiten ihr die Nerven, plötzlich sehen alle Mäntel gleich aus. Rot war er und kräftig Schwarz, aber welcher? Das muss er sein. Sie nimmt ihn und läuft hektisch ins Materialzimmer. Klappt den Spiegel wieder auf und betrachtet sich. Nein, der war doch ein bisschen anders, der ist doch jetzt wieder zu kurz.

Sie greift in die Innentasche und findet Fannis Namensschild darin.

Zurück zu Fanni.

»Fanni, hattest du noch ein Namensschild in deinem alten Mantel?«

»Keine Ahnung, kann sein. Mir fehlte ein Kabelbinder, um es festzumachen.«

»Ich habe noch welche. Aber das geht so nicht. Ihr müsst eure Namensschilder dranmachen …«

Der Ton gefällt Fanni gar nicht.

»… hast du mich verstanden?«

Magdalena wartet die Antwort nicht ab. Sie läuft zurück vor den Spiegel. Auf ihrer Schulter sitzt ein Kobold. Sie ist verzweifelt. Der alte Mantel sieht aus wie der neue Mantel, der neue Mantel ist der alte Mantel. Aber ist das überhaupt der ideale Mantel für sie?

Sakramentsprozession II

Aus den Lautsprecherboxen ertönt ein Choral, im Hintergrund das wühlende Rauschen des Flusses. Aus der Menge treten zehn oder zwölf Priester hervor, schreiten in wehenden Gewändern, in weißen Talaren, Zingulum und Rosenkranz, ein jeder in einer anderen Kutte, Ordenszugehörigkeit und Hierarchie entsprechend, auf einen mit einem großen Segel überdachten Freiluft-Altar zu, den Kassandra erst jetzt als einen solchen erkennt, obwohl sie die ganze Zeit direkt danebengestanden hat. Die Priester knien nieder, und die Pilger tun es ihnen gleich.

Das ist ja vollkommen irre, denkt Kassandra, genauso muss es im alten Athen auch abgelaufen sein, meine Kollegen vom Archäologischen Institut würden ausflippen vor Glück!

Vor ihr erscheint das Allerheiligste, eine überdimensional große Hostie in einem transparenten Behälter, der von einem goldenen Strahlenkranz eingerahmt wird. Die Monstranz ist auf einem Stab angebracht und überragt all jene, die sie zu schauen herbeigeströmt kamen. Die Pilger verharren auf den Knien, nur vereinzelt bleiben welche stehen.

(1) Das werden ja jedes Jahr mehr! Ich weiß nicht, wie ich das finden soll, dass man hier so viele Protestanten mitmachen lässt. Aber wenn sie schon mal hier sind, dann haben sie ja immerhin verstanden, dass wir den einzig wah-

ren Glauben haben. Wie geht noch mal der Witz mit den Schweinen und den Protestanten?

(2) Warum knien wir jetzt schon? Wo ist mein Kissen?

(3) Rücken gerade, Kopf senken, Hände falten. Maniküre-Check: der Shell-Lack hält super.

(4) Oh ja, großer Gott, ich glaube an Dich, ich glaube an die Verwandlung und das ewige Leben.

(5) Ob er zurückgeschrieben hat? Wo ist mein verdammtes Handy?

(6) Bei der Sakramentsprozession sind die meisten Wunder passiert. Ob heute wohl …

(7) ---

Im Chor wird das *Sanctus* angestimmt, der Zug setzt sich in Bewegung. Kassandras Pilgergruppe macht den Anfang, das Kultbild folgt dem Zug von hinten. Ganz vorne, noch vor den Fahnenträgern, schreiten der Zugchef und die Zugchefin einher wie ein sich zur Heirat versprochenes Prinzenpaar. Und der Kantor spricht, *Je vous salue Marie, pleine de Grace, le seigneur est avec vous*, und die Orgel folgt, und das Wasser steigt, *flüsternd*, schon wieder, *das Wasser*, und füllt die Augen all jener mit Tränen, an denen der Zug der Kranken vorbeikommt. Und es sind viele, Tausende, die heute hier zusammengekommen sind und nun vom Prozessionsstrom mitgerissen werden. Die meisten erschrecken vor den Kindern, den vielen Wasserköpfen, den kaum ausgebildeten Gliedmaßen. Nein, ist das traurig. Wie schrecklich. Nein, grausam!

(8) Ich hasse diese Heulerei. Man muss unsere Kinder nicht bemitleiden. Denen geht's gut bei uns im Heim.

(9) Ich glaub, mir wächst ein Odem im Nacken, ich bringe dieses Kind vor Gott.

Sie erreichen den runden Vorplatz der mehrstöckigen *Basilica of Our Lady of the Rosary*. Er ist eingefasst von zwei steinernen Rampen, die im Halbbogen hinauf in die oberen Stockwerke der Kirche führen. Auf den Sockeln der Balustrade sieht man Marmorstatuen, Apostel in Sandalen und Tunika, die pathosformelhaft mal gen Himmel, mal zur Erde, mal aufs flammende Herz zeigen. Ein Aufseher winkt hektisch, *vite vite*, der Zug biegt nach links ab, vorbei an der zentralen Marienstatue mit goldener Krone, die auf der verlängerten Mittelachse der Basilika steht. Auch sie trägt Ibizablau um die Hüfte. Dahinter beginnt die *Esplanade*, wohin der Prozessionszug seinen gepriesenen Weg fortführt, vorbei an länglichen Gebäuden, neogotisch gebaut mit Spitzdächern. Hier hatte man früher die Kranken untergebracht, bevor es das modern ausgestattete *Accueil* gab. Kassandra wusste das von Émile Zola, der in seinem Lourdes-Roman genau beschrieben hatte, wie schlecht es damals um die Unterbringung der doch sowieso schon Leidenden bestellt war. Sie hat ihn zur Vorbereitung gelesen wie so vieles andere. Stundenlang hat sie sich Bände zu Lourdes in der Bibliothek angeschaut, sie kennt die Grundrisse, die Bilder, all das.

Heute befinden sich in den Gebäuden Beichtstühle, in

denen man in acht verschiedenen Sprachen die Beichte ablegen kann, ein Angebot, das viele Pilger vor ihrem Bad in der Marienquelle wahrnehmen. Endlich ist es nicht mehr meine Fiktion, denkt sie. Jetzt ist es *echt*.

Kassandra strahlt, als sie ein Schild über einem Hauseingang liest. Dort befindet sich das medizinische Büro, in dem auftretende Wunder angemeldet werden können. Die Kirche hat bisher siebzig Heilungen anerkannt. Über 7.000 bis 30.000 sollen sich auch ohne offizielle Anerkennung ereignet haben.

Der Zauber hält seit 160 Jahren. Macht ein potenzielles Wunder an jedem zweiten Tag, nicht übel.

Der Zug umrundet das Rondell. Kassandra blickt von vorne auf die steil in den Himmel strebende Basilika mit drei Türmen, die sie unweigerlich an das Schloss von Walt Disney erinnert. Der ganze Platz ist nun voller Menschen, die langsam und feierlich voranziehen; in diesem Moment enthüllt das Massenerlebnis Glauben seinen größten Charme, im nächsten ist der Kitsch kaum auszuhalten.

> *(10) So viele Menschen sind gekommen, um heute zusammen vor Gott zu ziehen. So viele Menschen können sich nicht irren.*

Auf dem Grünstreifen der *Esplanade* ist eine krippenartige Figurengruppe aufgestellt, in der die Bernadette als Schäferin dargestellt wird, obwohl das nicht der historischen Wahrheit entspricht; trotzdem, bei ihr soll jeder Einzelne all das in seinem Herzen vortragen, was der Herr Großes für ihn getan hat. Währenddessen erreicht das Prinzenpaar einen unscheinbaren Eingang und verschwindet, gefolgt von den Fahnenträgern, in eine unterirdische Kirche, die Platz für dreißigtausend Menschen bietet.

(11) Sollte das mal ein Parkhaus werden?

(12) Gehen wir wirklich bis ganz nach vorne?

(13) Am Altar steht ja eine von uns, mit einer Kerze. Schaut toll aus!

(14) Da kommt meine Gruppe, und ich bin mal wieder auf einer Bühne platziert und wiege drei Pfund weniger als Idealgewicht.

(15) Ave Maria, du bist gebenedeit unter den Frauen und gebenedeit ist die Frucht deines Leibes / Ist die Frucht meines Leibes. Den Namen hab ich noch nicht. Aber wenn es ein Junge wird, werden wir ihn Johannes nennen, versprochen.

Der Prozessionszug strömt in die Untergrundkirche wie ein Bach in einen See. Über ihren Köpfen wölbt sich eine Betondecke auf. Durch das viele Grau fühlt sich Kassandra, als wäre sie im Bauch eines Wals, aber trotzdem irgendwie behaglich. Die Stelen der Kirchendecke erinnern an ein umgedrehtes Ruderboot. So bleibt genug Raum zum Atmen. Glocken erklingen. Sie singen das Magnifikat, und die Monstranz erreicht den Altar. Kassandra überlegt: Ist das also ein Gegenstand, der die Gebete um uns herum bündelt und aus einer höheren Sphäre an uns zurücksendet? Ich hoffe, ich kann das Allerheiligste später noch mal aus der Nähe betrachten …

Der Liturgie folgend wird es direkt vor die Kinder getragen. Auf einem hohen Stecken, eingerahmt von einem goldenen Strahlenkranz, der Kassandra halbbewusst an den Sonnengott Helios erinnert. Ein ernster Schauer läuft ihr über den Rücken. Könnte aber auch nur ein Zufall sein, denkt sie naiv.

Dienstschluss

In der Abendansprache bedankt sich die Leitung beim Team für den großartigen Einsatz an diesem langen anstrengenden Tag, der durch die mörderische Hitze und die Zugverspätung alle an ihre Grenzen geführt hat.

»Macht nicht zu lang an der Hotelbar! Morgen geht es früh weiter! Dienstbeginn ist 5.45 Uhr beim Frühstückstisch! Seid pünktlich, damit eure Saalschwester euch nicht hinterherlaufen muss, Saalschwestern wollen auch frühstücken.«

Außerdem soll das Klo im Teamzimmer nicht mehr benutzt werden.

Nach der Ansprache gehen sie geschlossen durch den Heiligen Bezirk zum Hotel in der Stadt. Auf dem Vorplatz der Kirche versammelt sich schon wieder eine Menschenmenge aus uniformierten und nicht-uniformierten Pilgern, Rollstühlen und Krankenkutschen. Kerzen in blau-weißen Lampions werden angesteckt. Man macht sich bereit für die Lichterprozession, die jeden Abend bei null Komma null Prozent Regenwahrscheinlichkeit stattfindet.

Das Team kommt an der angestrahlten Marienstatue auf dem Kirchenvorplatz vorbei, um deren Hüfte ein türkisblauer Schal hellenistisch bewegt einen Windstoß imitiert. Auf dem Kopf trägt die Figur eine schlecht proportionierte, weil viel zu große, goldglänzende Krone. An den Füßen der Statue sprießen steinerne Rosen. Vor den Sockel legen Pilger echte Blumen wie auf einen Grabstein.

Sie laufen einen Hügel hinauf. Links liegen die Verwaltungsgebäude des Heiligen Bezirks. Rechts stehen Automaten, an denen man sich eine wundertätige Medaille ziehen kann; und die Automaten sind nur die Vorboten des Jahrmarkts. Als sie das große, schmiedeeiserne Tor des Heiligen Bezirks durchschreiten, geht es richtig los. Nun reiht sich ein von weißen Neonlampen erhellter Shop neben dem anderen: blinkende Kreuze, Marias in allen Größen, Armbänder, Rosenkränze, versprochene Gnade auf kitschigen Ikonendrucken, Pizza- und Burger-Werbung aus bunten Röhren, ein 24/6 Supermarkt. Der Stimmungsumschwung ins Profane ist schockierend und gleichzeitig ziemlich geil, denkt Kassandra.

Das Hotel ist in den Berg hineingebaut, sie müssen zwei Pseudo-Stockwerke die Treppe rauf, bis sie an der Rezeption stehen. Die Wände sind mit dunklem Holz verkleidet, der Boden mit schwarz-rotem Designteppich ausgelegt. Alle Pilgerinnen müssen sich jetzt einen Ordensmantel holen, die Chefin berät dabei wie eine Boutique-Verkäuferin.

Kassandra sucht ihren Namen auf der Zimmerliste. Sie hängt an einem schwarzen Brett aus und liest sich wie eine standesinterne Tischordnung, bei der man die Titel weglässt. Neben ihr steht eine Pilgerin, die ausschaut wie ein Schneewittchen – porzellanweiße Haut, schwarze Haare, rote Lippen – und ebenfalls ihren Namen sucht.

»Ich bin im Zimmer 34, weißt du, wo das ist?«, fragt Schneewittchen.

»Leider nicht, ich bin zum ersten Mal dabei.«

»Ich auch.«

Sie lächeln sich lieb an.

»Ich frag mal an der Rezeption«, sagt Kassandra, doch da schiebt sich die Chefin zwischen sie. *Hat die mich gerade beiseitegedrückt? Geht's noch?*

»Hast du dich schon gefunden?«, fragt sie, mit ihrem gewinnenden Lächeln ganz dem Schneewittchen zugewandt. »Komm, ich bringe dich zu deinem Zimmer.«

Fanni, die bemerkt, wie irritiert Kassandra schaut, nimmt sie zur Seite und flüstert: »Auf die hat die Führung ein besonderes Auge, sie ist erst vor kurzem zum Katholizismus übergetreten, angeleitet von den Legionären Christi.« Sie zieht dabei eine Augenbraue hoch, als wäre eh klar, was damit gemeint ist.

Kassandra schaut sie fragend an. Fanni reibt ihren Daumen über die Fingerkuppen. »Die Familie stammt ursprünglich aus dem Libanon und lebt heute in New York und auf den Cayman Islands. Aber geh mal mit denen mit. Ihr schlaft auf derselben Etage.«

Kassandra schnappt sich ihr Gepäck und läuft hinterher. Die Chefin geht durch die verwinkelten Gänge des Hotels, als wäre es ihr eigenes und das Schneewittchen ihr persönlicher Gast. Sie begleitet sie bis ins Zimmer und zeigt sich erfreut, dass es geräumig ist und mit Blick über die Stadt.

»Ich geh dann mal zu mir rüber«, sagt Kassandra, die in der Tür stehen geblieben ist und sich gerade noch ein Gespräch über ein Restaurant auf der Park Avenue anhören musste, das nach der Armory Show bequem zu Fuß zu erreichen wäre, ja auch in Pumps.

»Warte mal«, sagt die Zugchefin und schaut auf das Namensschild. »Kassandra, welches Zimmer hast du?«

»Nummer 37.«

»Ich komm mit dir. Und wir sehen uns gleich beim Essen, ja?«

Sie gehen den Korridor ein Stück weiter entlang und dann links um die Ecke.

»Weißt du, ich schau mir jedes Zimmer gern an.«

Die Wangen der Chefin leuchten rosig, als sie das wackelige Schloss von Kassandras Tür aufschließt.

»So eins ist das also«, sagt sie knapp. »Also ich muss dann mal wieder runter. Bis später!«

Kassandra schließt die Tür hinter sich. Die beiden Einzelbetten nehmen den größten Platz im Raum ein. Durchs Fenster schaut man auf eine Häuserwand, im Bad hängt Feuchtigkeit in der Luft. Kassandra lässt sich wie ein Brett aufs Bett fallen, überwältigt von der Köstlichkeit, zum ersten Mal seit 48 Stunden wirklich alleine in einem Raum zu sein. In ihren Ohren rauscht ein Müdigkeitstinnitus. Ihr Kopf sinkt tiefer. Die Überdecke aus Plastikwolle kitzelt ihre Nase. Da überkommt sie ein Ekel. Wie oft werden diese Decken gewaschen? Hygienealarm. Fremder Leute Körperflüssigkeiten. Sie geht in Cobrastellung. Gibt's das wirklich? Haben Leute Sex in Lourdes? Noch mit der Ordensbinde am Arm? Oder am besten gleich noch mit Kutte und Geißel?

Terrasse I

Nach einem schnellen Abendessen bestellt Kassandra sich an der Hotelbar ein Bier.

»Kann mir einer helfen?«, fragt eine Pilgerin, die nicht aus ihrem Team stammt, aber zum selben Orden gehört. »Der Prälat sucht den Erbprinzen. Weiß jemand, wo ich den finde?«

»Welchen denn?«

Sie sagt einen langen Namen, ihre Wangen glühen vor Aufregung, ob sie ihn richtig ausspricht.

»Aber der ist doch schon Fürst.«

»Vielleicht meint sie den anderen Franzl.«

»Dann wäre es nicht aktuell, der hat doch den Namen seiner Frau angenommen.«

Allseitiges Nicken.

»Stimmt ja. Die Geschichte!«

»Dass sie als Frau überhaupt erben darf und nicht irgendein Cousin gesucht wird, damit er die Linie weiterführt, das hätte es eine Generation drüber noch nicht gegeben.«

Wo bin ich? In welcher Zeit bin ich hier gelandet?

»Ich kenne genügend Familien, bei denen es immer noch so läuft.«

Hilfe, ich muss zurück, mein Raumschiff reparieren!

Terrasse II

Sie setzt sich auf einen freien Stuhl auf der Terrasse. Sofort fällt ihr auf: So züchtig und fromm die Schwesternuniformen am Tag auch wirken mögen, spätestens jetzt, in so einer Plastikstuhl-Sitzrunde, tritt das glatte Gegenteil ein. Die Kittel klappen unter den Schürzen auseinander, und es sieht aus, als würden die Frauen unter der Schürze gar nichts mehr tragen, und über dieses Nichts und nackte Beine mäandert ein Schleier aus glänzendem Nylon. Leicht wird es den Männern in Lourdes ja nicht gemacht, sich auf den Glauben zu konzentrieren, denkt Kassandra, wenn die Frauen doch nur wieder so attraktiv sind. Sie trinkt einen Schluck Bier. Oder *queert* sie sich da gerade was zusammen, weil sie selbst auf die vielen attraktiven Frauenbeine um sich herum anspringt? Es hat Jahre gedauert, bis sie kapiert hat, dass auch Frauen einen Reiz auf sie ausüben. Erst musste das Gefühl von der Scham befreit werden, um zu erkennen, worauf die Anziehung in Wahrheit beruht, die ansonsten leicht mit Freundschaft oder Neid verwechselt werden kann.

Aber nein, das war zu einfach. Kassandra muss nur einmal geradeaus schauen. Vor ihr sitzt die Zugchefin und wippt, während sie sich mit ihrem Sitznachbarn angeregt unterhält, mit ihrem Fuß auf und ab. Was nach sich zieht, dass er, der männliche Blick, sich an ihrem Knie unterhalb der kürzer gesteckten Schürze festsaugt, übers Schienenbein hinabwandert und aufs Fußgelenk trifft. Der schöne Knöchel steht auf hohem Absatz in Senkstellung, angespannte Sehnen, der Unterschenkel mit zartem Schwung, muskulös. Was wünscht man sich mehr, als immer nur weiter in der Nähe dieser entzückenden Fußknöchel bleiben zu dürfen? Dann schießt der Blick wieder hinauf und legt sich unter die Schürze, die auf den Oberschenkeln wie eine Serviette liegt.[12]

12 Epiphanie des Adams.

Terrasse III

Jemand tippt Kassandra auf die Schulter. Sie kennt die Pilgerin vom Vorbeiquetschen im Zug. Es könnte auch sein, dass sie sich beim Abendgebet ein Liederbuch geteilt haben. Sicher ist Kassandra sich aber nicht, weil Lourdes-Gegenwart schneller fließt als die Donau.

Leonie heißt sie also. Hübsch ist sie, groß, schmale Schultern, soweit das unter dem Schwesternkittel erkennbar ist. Ihre reine Haut schimmert matt im Lampenlicht. Das Gesicht ist symmetrisch und schmälert sich ab den Wangenknochen wie ein Trichter bis zum Kinn. Ihre Augen sind katzenhaft geschwungen und leuchten grün, dazwischen zucken schwarze Blitze.

»Wir teilen uns ein Zimmer«, sagt sie, »aber …«

Sie tritt einen Schritt näher. Kassandra nimmt den cherubimen Geruch von *Jardin du Nil* war.

»… aber, äähm, können wir mal kurz unter vier Augen reden?«

Was immer du begehrst, meine Schöne.

Kassandra steht auf und schaut sich um, wohin sie sich zurückziehen könnten, dann führt sie die Löwin mit Häubchen in einen der hinteren Schatten.

»Was kann ich für dich tun?«

Leonie erklärt die Situation: Sie ist mit ihrem Freund zusammen in Lourdes, aber da sie nicht verheiratet sind, dürfen sie offiziell nicht in einem Zimmer schlafen. Er hat aber ein Einzelzimmer, glücklicherweise sogar mit Kingsizebett, und deshalb wird sie zu ihm rüberziehen.

»Ihr dürft wirklich nicht in einem Hotelzimmer schlafen, bis ihr verheiratet seid? Das ist ja vollkommen irre.«

»Die meisten hier finden das ganz normal.«

»Aber du bist doch schon längst erwachsen, bestimmt schon über dreißig! Und dein Freund?«

»Vierundvierzig.«

»Irre.«

Kassandra muss lachen.

»Aber heiraten wollt ihr nicht? Ich meine, bei dem Druck würdet ihr euch das Leben doch enorm erleichtern!«

»Ach hör mir auf.«

Leonie lässt die Schultern sinken.

»Er war schon mal verheiratet.«

»Ich auch.«

Leonie schaut sie erstaunt an.

»Wirklich? Das wusste ich gar nicht.«

Woher sollte sie auch? Ach stimmt, ich bin ja im Klüngel unterwegs, denkt Kassandra. Wenigstens hat sie nicht ›Das tut mir leid‹ gesagt.

»Das ist ja hart, wie lange bist du schon geschieden?«

»Lang genug, um zu wissen, dass es ein Leben danach gibt.«

»Habt ihr die Ehe annullieren lassen?«

»Ja, haben wir. Ich find, das ist eh ne gute Sache. Das Wort sagt's ja schon: annullieren, Vergangenheit löschen. Die Seele auf Reset setzen. In der Traumabehandlung ist das ja therapeutischer Usus.«

Leonies Gesicht beginnt zu leuchten.

»Du musst dich unbedingt mit meinem Freund unterhalten. Er will auf keinen Fall annullieren lassen. Das tut er sich nicht an, sagt er. Also will er einfach gar nicht mehr heiraten, einmal reicht ihm.«

Das kann ich gut verstehen, denkt Kassandra.

»Und was willst du?«, fragt sie.

»Klar fände ich heiraten schön …«

Natürlich will sie ihn heiraten, denkt Kassandra und sieht Leonie in einem weißen Kleid, in einer Reihe aus zehn Jungfrauen auf einen leuchtenden Altar zuschreiten. In der einen Hand hält sie eine Kerze, in der anderen eine mit Öl gefüllte Lampe.[13]

»… aber so wichtig ist es mir dann auch wieder nicht«, sagt sie etwas zu rasch. »Wenn er damit glücklicher ist? Ich bleib so oder so mit ihm zusammen. Das ist mein Mann!«

Ihre Augen strahlen, und Kassandra staunt, dass es das immer noch gibt: echte Liebe.

»Und was soll ich jetzt noch machen?«, fragt Kassandra. »Also, wegen der Zimmersache.«

»Eigentlich nichts. Du musstest nur Bescheid wissen. Ach

---

13 Mt 25,1: *Dann wird es mit dem Reich der Himmel sein wie mit zehn Jungfrauen, die ihre Lampen nahmen und hinausgingen, dem Bräutigam entgegen. Fünf aber von ihnen waren töricht und fünf klug. Denn die Törichten nahmen ihre Lampen und nahmen kein Öl mit sich; die Klugen aber nahmen Öl in ihren Gefäßen samt ihren Lampen. Als aber der Bräutigam auf sich warten ließ, wurden sie alle schläfrig und schliefen ein. Um Mitternacht aber entstand ein Geschrei: Siehe, der Bräutigam! Geht hinaus, ihm entgegen! Da standen alle jene Jungfrauen auf und schmückten ihre Lampen. Die Törichten aber sprachen zu den Klugen: Gebt uns von eurem Öl! Denn unsere Lampen erlöschen. Die Klugen aber antworteten und sagten: Nein, damit es nicht etwa für uns und euch nicht ausreiche! Geht lieber hin zu den Verkäufern und kauft für euch selbst! Als sie aber hingingen, zu kaufen, kam der Bräutigam, und die bereit waren, gingen mit ihm hinein zur Hochzeit; und die Tür wurde verschlossen. Später aber kommen auch die übrigen Jungfrauen und sagen: Herr, Herr, öffne uns! Er aber antwortete und sprach: Wahrlich, ich sage euch, ich kenne euch nicht. So wacht nun! Denn ihr wisst weder den Tag noch die Stunde.*

so, und das vielleicht nicht unbedingt an die große Glocke hängen.«

Kassandra nickt.

»Eh klar.«

»Da bin ich ja froh, dass es mich mit dir so gut getroffen hat«, sagt Leonie, nimmt Kassandra in den Arm und freut sich auf ihr Kingsizebett.

Kassandra und Leonie gehen zurück zu den anderen. Auf halber Strecke treffen sie Fanni und Oki, die am Rand eines eklektizistisch gebauten Brunnens sitzen, der offensichtlich schon länger außer Betrieb ist. Als sie sich nähern, verstummen die beiden.

»Also, wir sehen uns dann später«, sagt Leonie und läuft zu ihrem Freund weiter.

»Und ihr so?«, fragt Kassandra.

»Wir so, gar nichts. Und du so?«

»Ja, also«, Kassandra streicht sich ihren imaginierten Bart glatt. »Immer viel los bei euch im Zug, was? Die Themen fallen einem nur so vor die Füße, fast wie in der Forschung.«

»Bei UNS im Zug!«, sagt Oki bestimmt.

Fannis Blick schweift über die Terrasse. Sie schüttelt den Kopf. Dann zieht sie scharf zwischen den Zähnen Luft ein und sagt: »Aber die Sache mit den Mänteln war doch wirklich der Oberhammer. Dass die das bringt! Ohne mit der Wimper zu zucken.«

Hui, die ist richtig sauer, denkt Kassandra.

»Eine Sakramentsprozession ohne Ordensmäntel laufen lassen! Nur damit sie sich selbst in aller Ruhe den schönsten raussuchen kann – das ist schon ein Meisterstück der Dreistigkeit!«

»Ja mei, wenn das halt immer so einen Run auf die Mäntel

gibt!« Oki lacht. »Was soll schon dabei sein. Dann hat man halt mal ohne Mantel prozessiert. Wir prozessieren ja noch die ganze Woche!«

»Diese Beschwichtigungsrhetorik kannst du dir bei mir sparen!«

»Ach komm, es gibt doch wirklich wichtigere Dinge als Mäntel.«

»Wie bitte? Dabei wäre das sogar dein Job! Du bist schließlich Zeremonienmeister.«

Doch Oki interessiert seine Position jetzt nicht. Seine Loyalität zur Zugchefin wiegt stärker. Die beiden kennen sich gut, er kann über ihre Exzentrik lachen, und ja mei, es sind doch nur Mäntel. Was die Frauen sich schon wieder so aufzuregen haben!

»Vielleicht war's ja auch gar nicht extra«, sagt Oki. »Wahrscheinlich ist es sich zeitlich nicht ausgegangen, vor der Sapro noch die Mäntel zu holen, und deshalb seid ihr ohne gelaufen.«

»Aber wenn ich es dir doch sage! Ich hatte letztes Jahr diese Auseinandersetzung mit ihr. Alles passt genau zusammen. Sie hat sich damals einfach meinen Mantel gekrallt! Und mich dann noch langgemacht dafür, dass ich mein Schild nicht richtig angebracht hatte. Irre!«

Oki reagiert nicht. Die Beschwerden über Magdalena nehmen seit Jahren kein Ende. Er findet, man sollte sich mit der Situation endlich arrangieren. Außerdem ist Oki sehr, sehr eng mit Gabriel befreundet, und der hält seine schützende Hand über Magdalena.

Fanni schaut Kassandra flehend an.

»Glaub du mir wenigstens! Sie hat die Mäntel extra später austeilen lassen, damit sie sich den besten raussuchen kann. Aus purer Eitelkeit! Und das mitten in Lourdes!«

Im normalen Leben wäre dieser Egoismus völlig normal, man würde das sogar als clever einstufen, denkt Kassandra.

Oki hält Fanni ein Glas Wasser hin, sie trinkt einen Schluck. Ausatmen.

»Den Tanz kann sie gerne in ihrer Fashion-Welt aufführen. Aber so eine darf doch nicht der Kopf einer spirituellen Reise sein!«

»Einer der beiden Köpfe«, sagt Oki, aber Fanni schimpft einfach weiter:

»Habt ihr sie einmal mit nem Kind auf dem Arm gesehen? Oder eine Windel in den Mülleimer tragen? Vergiss es. Die macht sich hier nicht die Finger schmutzig. Und deshalb sage ich euch: Wenn Gabriel wirklich aufhört, muss Magdalena auch gehen. Sonst sind wir hier nur noch ihrer Herrschsucht ausgesetzt.«

»Über wen redet ihr?«, fragt ein stämmiger Pilger mit beginnender Tonsur, der von irgendwoher auftaucht und fröhlich ins Gespräch hineinfegt. »Ach, die Sache mit den Mänteln. Ja, ich sag's euch: Bald geht's hier rund. Ich hab gehört, morgen will Gabriel seinen Nachfolger verkünden.«

Fanni fährt hoch.

»Woher willst du das wissen?«

»Man hat die Saalschwestern eingeweiht.«

»Bist du sicher?«

»Ziemlich sicher.«

Fanni rammt eine Hand in die Hüfte.

»Dann ist es jetzt so weit! Magdalena muss ihren Platz als Chefin räumen. Die macht uns noch den ganzen Zug kaputt! Das darf auf keinen Fall passieren, wir tragen schließlich die Verantwortung für unsere Kinder!«

Während sie spricht, liegt ihre Hand auf ihrem Bauch und streichelt ihn leicht. Kassandra stutzt.

Oki scheint sich nicht zu wundern, denkt sie. Er denkt wohl, Fanni meint die Lourdes-Kinder, aber die meint sie nicht, oder nicht nur. Da steckt doch noch mehr dahinter. Kassandra kennt diesen verklärten Ausdruck.

Laut sagt sie als Nächstes:

»Ich schätze mal, diese Institution hier ist stark genug, dass sie nicht von einer einzelnen Person gekippt werden kann. Damit wäre es fast sogar egal, wer den Zug leitet.«

Aber Fanni sieht das anders und sprüht Funken.

»Warum macht ihr dann keine Wahl?«, schlägt Kassandra vor. »Stellt doch ein Pilgerparlament auf und lasst die Leitung wählen.«

Diese Option scheint nicht zum Konsens zu passen.

»Man wird hier nicht gewählt, sondern erwählt«, sagt Fanni. Und meint es ernst.

»Ich bitte dich, warum denn nicht? Die Zugleitung ist doch keine Weihkette, und selbst der Papst wird gewählt! Macht ’ne Wahl und ihr habt die beste aller schlechtesten Lösungen erreicht.«

Nachtwache

Am nächsten Nachmittag liegt Kassandra im Materialzimmer auf einem der Stationsbetten und darf sich eine Stunde lang ausruhen. Die Strumpfhose klebt an ihren Beinen. Die Haarklammer am Schwesternhäubchen drückt gegen ihr Ohr, doch sie hat beschlossen, es auszuhalten. Sie ist zu müde, um sich zu bewegen, aber zu aufgekratzt, um einzuschlafen.

Doch wer kümmert sich jetzt um Anke? Wer achtet beim Essen darauf, wenn sie nicht mit den anderen am Tisch sitzen will? Das weiß doch hier gerade keiner so genau wie ich. So muss es echten Müttern gehen, denkt Kassandra.

Anke klaut anderen Kindern gern das Essen und kann sehr grantig werden, wenn man sie nicht lässt. Am besten ist, man füttert sie zügig und geht dann wieder »spielen«, was in Ankes Fall heißt, an der Wand entlangrobben und dagegenklopfen.

Kassandras Pupillen flackern. Sie vermisst ihre Nachtmaske, die im Hotel auf ihrem Nachttisch liegt. Und die Ohropax.

Fanni hat ihr erzählt, dass früher die Nachtwache ab vier Uhr nachmittags ins Hotel gehen durfte, um vorzuschlafen, und erst um sieben zurück im *Accueil* sein musste. Magdalena hat das System geändert, weil sie es zu »kompliziert« und »unberechenbar« fand. Komisch, hatte es doch über Jahrzehnte hinweg super geklappt, hatte Fanni geschimpft.

Es wäre Kassandra lieber, sie würde von der alten Regel nichts wissen. Im Materialzimmer geht die Tür auf, Tür zu, leise bis laute Unterhaltungen dringen an ihr Ohr. Sie kann Fannis Ärger verstehen, hier findet man kaum Ruhe. Dabei heißt es immer in den Ansagen: Sagt Bescheid, wenn ihr eine Pause braucht! Überanstrengt euch nicht! Zieht euch lieber früher als später zurück und reizt es nicht aus, bis ihr auf dem Zahnfleisch geht!

Die Tür öffnet sich wieder, jetzt schleicht einer um sie herum. Sie nimmt jedes Geräusch wahr, als wäre sie hellwach. Sie schaut auf die Uhr. Eine halbe Stunde ist bereits rum. Die verlorene Zeit macht sie nervös. Sie legt sich auf den Rücken und zwingt sich, regelmäßig zu atmen, schließt die Augen. Durchs offene Fenster hört sie die eingängigen Terzen des Großen Lourdes-Liedes, *ave ave*, als Glockenspiel.

Sie hält die Augen geschlossen und betrachtet den roten Strom unter ihren Lidern: Tausende Lichtpunkte, die in einem Schwarm zusammenkommen und bei jedem Zucken der Iris in Spiralen durcheinanderwirbeln. Plötzlich hebt sich aus der dunkelrot flimmernden Fläche die Form eines Gesichtes ab! Kassandra erschrickt, obwohl es nicht ihre erste Begegnung dieser Art ist.

»Schaut aus wie eine Maske, die sich von hinten durch eine Leinwand schiebt«, sagt sie mit geschlossenen Lippen.

Die Maske hat die Konturen eines lieblichen, wahrscheinlich weiblichen Gesichts, das magnetisch schön anzusehen ist. Es lässt sich betrachten, bewundern, preisen und würde am Ende, sie weiß es aus früheren Schauspielen, sich verflüchtigen wie Wolkenbilder am Himmel. Aber noch ist es da. Kassandra versucht, einen inneren Screenshot davon zu machen. Zu spät. Schon ist das Antlitz verschwunden und stellt sich nicht wieder her, sosehr sie es sich auch wünscht.

Als sie die Augen öffnet, hört sie laute Popmusik auf dem Gang. Ihre Spucke schmeckt mehlig. Hat sie geschlafen? Lang kann das nicht gewesen sein, es fühlt sich nicht wie normales Aufwachen an.

»Kommst du nicht zur Party?«

Es ist jemand im Raum.

»Sie fängt gerade an.«

Um Gottes willen, nein, denkt Kassandra und drückt ihren Kopf tiefer ins Kissen, noch fünf Minuten. Ihr Kopf fühlt sich an, als würde er in einem Schwamm stecken. Die Tür schließt sich. Öffnet sich.

»Du hast doch heute Nachtwache! Die suchen dich schon.«

Die Party auf der Krankenstation erinnert an den bunten Abend einer Klassenfahrt. Kassandra tanzt sich durch die johlende Menge, bleibt dann abrupt stehen, als sie Anke am Rand der Tanzfläche entdeckt. Was macht die denn hier?, denkt Kassandra erschrocken, sie verträgt doch keinen Lärm, dann kriegt sie nur wieder eine Krise. Aber Anke machte einen vergnügten Eindruck. Kassandra ist beruhigt und gleichzeitig gekränkt, sie scheint sie gar nicht so sehr zu brauchen, wie sie dachte.

Anke steht sogar – Kassandra hatte gar nicht gewusst, dass sie das so gut kann –, hält sich am Geländer fest und schlägt so oft sie will mit der flachen Hand gegen die Wand. Es geht ihr also blendend, trotz Lärm und Trubel.

Die Nachtwache besteht immer aus drei Pilgern, von denen mindestens einer langjährige Lourdes-Erfahrung haben muss. In ihrem Fall ist das Oki.

»Hier, das Nachtwachen-Buch«, sagt er und drückt es ihr in die Hand. »Das nimmst du am besten. Ich habe keine gute Schrift.«

»Och, nö!«

»Och, doch.«

Sie schauen beide auf den Dritten in der Runde und denken dasselbe.

»Na gut. Ich mach's«, sagt Kassandra.

Sie schlägt das Buch auf. Die Seiten sind mit dicken grauen Linien bedruckt genau wie früher in der Schule. Über die Linien sind mit Kugelschreiber, schön fest aufgedrückt, große Quadrate gemalt, die Betten in den Sälen symbolisieren. Daneben stehen die Namen der Kinder und Notizen.

2x gekotzt,

bei Erik im Bett erwischt, Vorsicht: Fummelei

Durchfall!!!

Die nächste Seite ist mit einem zwei Mal unterstrichenen Namen betitelt, darunter folgt ein Bericht wie in einer Kriminalakte und am Ende: »Hat uns die ganze Nacht auf Trab gehalten – viel Spaß!« Daneben Smileys mit Herzchenaugen. Kassandra will den Bericht jetzt lesen, aber die Gruppe ist schon im ersten der sechs Säle.

Wie bei einer ärztlichen Visite gehen sie von Bett zu Bett, wobei die jeweilige Saalschwesterx sie mit den Besonderheiten der Kinder vertraut macht.

Man führt sie vor ein stark gelähmtes Kind und zeigt, wie man es umlagert. Kassandra versucht, sich eine Zeichnung zu machen, in welcher Anordnung man die Stützkissen zwischen die Beine, Arme und hinter den Rücken stopfen soll. Das Ergebnis sieht aus wie eine Yogaanleitung. Kritzelnd läuft sie der Gruppe hinterher zum nächsten Bett. Hier zeigt die Saalschwesterx auf einen Handapparat am Bettgestell.

»Die Sonde läuft noch bis elf Uhr. Wenn sie piept, sofort ausstellen, damit keine Luft in den Magen gepumpt wird.«

»Woher sollen wir wissen, ob die Sonde gepiept hat, wenn wir nicht im Raum sind?«

»Stellt euch die Uhr, und danach müsst ihr mit 20 ml nachspülen, das geht mit der grünen Spritze hier, die ist größer und passt in den hinteren Stöpsel. Aber dann ist es total wichtig, dass ihr aufpasst: Diesen kleinen Hahn hier am Bauch erst zudrehen.«

Kassandra schreibt so schnell wie möglich und versucht zwischendurch, einen Blick auf die verschiedenen Schlauchverschlüsse zu werfen.

Das ist doch absurd, denkt Kassandra, das kriegen wir auf gar keinen Fall hin.

Sie schaut zu Oki. Der macht nicht den Eindruck, als würde er zuhören, nickt aber, als hätte er alles kapiert.

Nix hat er kapiert, denkt Kassandra.

»Aber am Anfang müsst ihr zuerst nachschauen …« Judith, der Profi, hat die Einführung übernommen und schiebt das T-Shirt des Kindes hoch – *fuck*, Kassandra wird schwindelig, geht der Schlauch wirklich bis in den Bauch hinein? Wenn der Button am Bauchnabel abreißt, kommt dann der Magen raus? –

»… ob der hier auch aufgedreht ist.«

In welcher Richtung steht der Hahn offen? Das weiß man doch bei Hähnen nie!

»Obwohl, am besten ihr macht hier unten am Bauch gar nichts. Aber wisst ihr was …«, ein kritischer Blick auf den orangenen Fleck an der Stelle, wo normalerweise der Bauchnabel ist, »… ich wechsle schnell noch mal das Pflaster. Und um vier Uhr kriegt Michelle die grüne Tablette hier, die müsst ihr eine halbe Stunde vorher in 10 ml auflösen, dafür nehmt ihr die weiße Spritze.«

Auf dem Flur läuft Coldplays *Adventure of a lifetime*. Kassandra nickt.

»Und immer schauen, dass die Klammer am Ende zu ist. Das ist sowieso das Allerwichtigste: Nur wenn etwas durch den Schlauch fließt, ist der hier offen …«

Ein Mädchen mit Pippi-Langstrumpf-Zöpfen kommt in den Saal, schmeißt sich auf ihr Bett und heult laut los.

»… wenn man die vergisst, sammelt sich Luft im Bauch, und das wollen wir Michelle doch besser ersparen, gell, du willst net die ganze Nacht pupsen, gell Michelle? Machst du dann hier ein großes Pupskonzert?«

Michelle formt den Mund wie ein Clown und verbleibt in dieser Stellung. Ihre Augen strahlen, als hätte sie jedes Wort verstanden, ja Pupskonzert, das klingt lustig, das machen wir.

Kassandra blickt wie gefesselt auf Michelle und kann es kaum fassen, dass sie Zeuge dieser sinnvollen Mimik wird, die beweist, dass Michelle ein Gefühl für Humor hat, also in diesem Körper ein Mensch wie du und ich nur anders steckt.

Das heulende Mädchen hat sich Kopfhörer aufgesetzt und singt in einem selbst erfundenen Englisch einen Song von Elton John. Dabei wippt sie mit dem Oberkörper vor und zurück. Jetzt fehlt ihr nur noch ein Klavier. Kassandra schaut rätselnd auf ihre Aufzeichnungen: Kleiner Hahn –

nein! Pfeil hier, weiß benutzen, 50 spülen, grüne Spritze, Pfeil nach oben, Pfeil dreht sich, Ausrufezeichen. Die Gruppe ist bereits beim nächsten Bett. Da packt die Angst zu. Sie rüttelt Oki am Arm.

»Was ist?«

Kassandra verdreht die Augen. Checkt er es echt nicht?

»Die Sonde überfordert mich total. Das müssen wir später alleine hinkriegen?!«

»No te preocupes – das klappt schon.«

Die Saalschwesterx unterbricht seine Einweisung.

»Was gibt's bei euch dahinten?«

»Ich habe das mit der Sonde nicht richtig verstanden.«

»Ich kann's dir gleich noch mal zeigen. Aber jetzt müssen wir hier erst mal weitermachen.«

Kassandra resigniert, *Gott will es*, und setzt wieder zum Protokoll an.

Auf dem Flur läuft die Party weiter. Deutscher Hip-Hop aus den Neunzigern, Jan Delays schnurrende Stimme, Füchse feilen an Texten mit roten Augen, bis sie was taugen. Im nächsten Saal finden sie die Saalschwesterx nicht.

Im Partygetümmel auch nicht. Plötzlich geht die Musik aus. Ein fünfzehnjähriges Mädchen steht im Nachthemd auf einem Tisch und singt mit großer Hingabe *I will always love you* von Whitney Houston, genau wie sie es im Casting-TV gesehen hat. Feuerzeuge werden in die Höhe gestreckt, Handys gezückt. Für den Newcomer auf der Bühne geht ein Lebenstraum in Erfüllung. Nur Kassandra bemerkt die Wellen unter ihren Füßen. Etwas erhebt sich und schwebt.

»Ist dir schwindelig?«, fragt Oki.

»Geht schon.«

Was sind das für Wellen? Es ist das Wasser, *flüsternd* – un'aqua magica.

»Und das ist Björn, unser Sorgenkind.«

Alle stehen um Björns Bett herum. Sein Kopf ist groß wie eine Wassermelone, das Gesicht mit einem Ausschlag übersät. Sein Körper sieht aus wie ein falsch zusammengebautes Gerüst unter einer Plane. Björn hat eine Grippe.

»Zäpfchen hat er schon gekriegt. Eigentlich könnt ihr nicht viel für ihn tun. Aber umlagern könnt ihr ihn, drei Mal in der Nacht: auf die Seite, auf den Rücken und wieder auf die Seite. Und wenn es ihm schlechter geht, holt die Ärztin.«

Kassandra schaut in Björns silbern glänzende Augen, spürt seine Kopfschmerzen und findet aus diesem Moment nicht mehr heraus. Oki muss sie am Arm ziehen, damit sie bemerkt, dass die Gruppe weitergeht. Jetzt rollen die Wellen nicht mehr auf dem Boden, sondern in ihrem Kopf auf und ab. Dann wird etwas in ihr taub, sie kann den Instruktionen kaum noch folgen.

Irgendetwas stimmt hier nicht, denkt sie.

Doch, es stimmt genau, ich bin bei euch.[14]

Dann mach du das.

14 , sagt Gott.

Nachtwache II

Zwei Stunden später sitzen die drei von der Nachtwache auf den Bierbänken im Hinterhof bei ihrer ersten Pause. Oki öffnet eine Red-Bull-Dose, und die Luft riecht nach Gummibärchen.

»Gibt es auch Kaffee?«, fragt Kassandra.

»Leider nein, den werden wir später kochen müssen, so gegen fünf am Morgen.«

»Oh Gott, diese merkwürdige Maschine müssen wir selbst bedienen? Die Einweisung habe ich verpasst.«

»Das ist nicht schlimm. Ich weiß, wie es geht.«

Oki steckt voller Überraschungen, denkt Kassandra. Der Nachtwachen-Dritte macht sich seine Red-Bull-Dose auf.

»Ohne Wodka, leider. Und die anderen schlürfen jetzt *un verre rosé* auf der *terrasse*.«

Rosé schlürfen gibt dem Dritten offensichtlich so viel wie den Pappnasen auf Sylt. Kassandra überkommt ein Schnösel-Ekel, doch sie mahnt sich zur – wie heißt es hier doch so schön – Demut[15] und ist froh, dass Oki da ist, um die Stimmung auszugleichen.[16] Sie schlägt das Nachtwachen-Buch auf und liest die Aufzeichnungen über den Spezialfall, wozu sie vorhin nicht mehr gekommen ist. Der Spezialfall heißt Marianne.

---

15 *Gott hilf mir, dass ich meine Mitmenschen besser ertragen kann.*

16 *Danke, lieber Gott, dass du mir bei dieser Prüfung Oki zur Seite gestellt hast.*

- geht in fremde Zimmer und weckt andere Kinder
- Vorsicht Fäkalhumor: hat ihr Badezimmer mit Kot vollgeschmiert
- spricht mit sich selbst in unterschiedlichen Stimmen
- hat eine Cola-Flasche gefunden und auf dem Boden ausgegossen
- beißt oder schlägt um sich, wenn man sie an die Hand nehmen will
- einer muss immer bei ihr bleiben
- hat keine Minute geschlafen
- Viel Spaß. Smileys mit Herzen in den Augen.

»Also, vor dieser Marianne habe ich Angst.[17] Die muss ja völlig verrückt sein«, sagt Kassandra. »In welchem Saal liegt sie noch mal?«

Sie schaut den Nachtwachen-Dritten an, aber der schweigt und weiß nichts, wie es von Pappnasen eben zu erwarten ist.

»Ich habe grad nen Rundgang gemacht«, sagt Oki. »Marianne schläft wie ein Stein, sie schnarcht seelenruhig. Alles gut.«

»Dann lasst uns beten, dass es auch so bleibt.« Kassandra bekreuzigt sich und faltet ihre Hände. Der Nachtwachen-Dritte schaut sie verständnislos an wie ein Schuljunge, dem man vorgeschlagen hat, außerhalb des Unterrichts ein Buch in die Hand zu nehmen.

»Du musst auch mitmachen«, ruft Kassandra. »Schließlich steht geschrieben: ›Wo drei in meinem Namen versammelt sind, da bin ich mitten unter ihnen.‹«

---

17 *Lieber Gott, hilf, dass der Dämon diese Nacht nicht in ihr wüten kann. Schick einen Engel, der ihren Schlaf bewacht. Amen.*

»Zwei reichen auch schon, wenn sie eins werden«, sagt Oki.

Sein Gesichtsausdruck schaltet von Dur auf Moll, er schaut Kassandra verführerisch in die Augen und bekreuzigt sich; gleichzeitig verschiebt sich in Kassandras Beckenboden die in sich verschlungene Schlange um zwei Millimeter.

Audienz

Kassandra dreht alleine einen Rundgang über die Station. In einem der Einzelzimmer brennt noch Licht. Andreas, der Junge mit der Schmetterlingshaut, ist noch wach. Er sitzt in seinem multipel verstellbaren Rollstuhl und tippt auf einem Bildschirm rum. Das Tablet hält er mit den Knien fest. Kassandra tritt neben ihn, sagt hallo, er dreht den Kopf leicht zur Seite.

»Wer bist du?«

Seine Stimme klingt flach und knisternd.

»Ich bin Kassandra von der Nachtwache. Bist du denn gar nicht müde?«

»Noch nicht.«

Zum Tippen auf dem Tablet stehen ihm Mittelfinger und Daumen zur Verfügung, der Rest ist in Verbände gehüllt.

»Ich hab gleich nen *high score*!«

Kassandra freut sich für ihn, dann fällt ihr Blick auf seinen Nacken, sie glaubt, einen weißen Knochen durch die Haut durchschimmern zu sehen. Ich darf ihn nicht so anstarren, denkt sie. Doch sie starrt ihn an und fühlt sich an Leprakranke in Jesus-Sandalen-Filmen erinnert.

Da fragt Andreas:

»Kannst du mir den Rücken kratzen?«

Sie erschrickt.

»Klar, wie denn am besten?«

»Mit dem Zauberstab.«

Er hat keine Lepra.

Der Zauberstab ist ein auseinandergebogener Kleiderbügel aus Metall. Er reicht ihn ihr und lehnt sich nach vorn, damit sie an den Rücken rankommt. Aber hier ist keine Haut frei zum Kratzen, nur Mullbinden.

»Aber wie geht's jetzt weiter?«

»Gib ihn mir, ich zeig's dir.«

Er schiebt den Zauberstab von oben unter die Rückenverbände, dabei verrenkt er seinen linken Arm.

»Es gibt da diese eine Stelle, an die komm ich nicht ran.«

Kassandra nimmt ihm den Stab aus der Hand.

»Hier?«

»Mmhh. – Wo wohnst du, Kassandra?«

»In Berlin.«

»Das kenn ich. Da war ich auch schon mal.«

»Und? Hat es dir gefallen?«

Andreas vergisst zu antworten, vergisst ihre Frage, er stöhnt und versucht, sich anders hinzusetzen.

»Kann ich dir helfen?«

»Nein, geht schon. Einfach weiterkratzen, bitte.«

Was muss dieser Mensch hier erleiden? Warum? Was soll das? Wem ist damit gedient? Seitenweise Theodizee-Theorien rattern durch ihren mindReader und verschwinden im Nichts.

»Weitermachen!«

Ein schwarzer Hase kehrt aus dem Nichts zurück. Kassandra reißt sich zusammen und duckt sich. Sie kann es ja nicht ändern! So ein Schicksal kann man nur hinnehmen. Aber minimal lindern lässt es sich: unten rechts und oben in der Mitte zwischen den Schulterblättern.

»Schläfst du im Stuhl?«

»Nein. Auf dem Tisch.«

»Auf dem Tisch? Nicht im Bett?«

»Tisch ist besser. Mit den beiden Kissen da.«

Dann muss ihn einer rüberheben, denkt Kassandra und sackt innerlich zusammen.

»Oki kann das«, sagt Andreas.

»Wie alt bist du eigentlich?«

»Elf.«

»Echt? Und ich dachte, du wärst 739 Jahre alt.«

Andreas lacht, dabei rieseln ihm Hautschuppen wie minikleine Schneeflocken von der Nase.

»Wie alt bist du denn?«

»39.«

»Dann hast du bestimmt schon selber Kinder.«

Autsch – immer noch nicht.

»Nein, habe ich nicht.«

Andreas denkt nach.

»Bist du verheiratet?«

»Ich war mal verheiratet.«

Musste sie das jetzt sagen? Musste sie ihn mit ihren Bredouillen belasten, als hätte er nicht schon genug auf seinen Schultern zu tragen?

»Und was ist dann passiert?«, fragt er. Sie macht ein trauriges Gesicht.

»Wir haben uns in Frieden getrennt. Ist schon ein paar Jahre her.«

Andreas nickt und macht den Eindruck, als hätte er genau begriffen, was das für Kassandra bedeutet, weil er nun mal der Schmerzensmann ist.

Gebetshaltung

Als Greisin werde ich sagen: Mein Ex-Mann
war der Letzte, den ich geliebt habe
So blind und widerstandslos
So absolut
war das danach nicht mehr möglich
Ich bin klein
Mein Herz ist kalt
Soll niemand drin wohnen
Als Jesus allein.
Amen.[18]

18 *Herr, sende aus deinen Geist und alles wird neu.*

Mutter der Barmherzigkeit

Die Nacht ist zur Hälfte fortgeschritten, draußen leuchten die Sterne. Der Nachtwachen-Dritte schläft im Materialzimmer. Eine Stunde für jeden hatten sie abgemacht, und er hatte als Erster gewollt. Er war noch fertig vom Vorabend, da hatte er erst drei, halb vier die Hotelterrasse geräumt.

Wenn ihnen beim Betreten eines Schlafsaals der Gestank voller Windeln entgegenkam, glaubte Kassandra auch jedes Mal, dass sie gleich spucken müsste; aber dem ging's übler. Lieber sollte er schlafen gehen und danach eventuell zu was zu gebrauchen sein.

Eben noch haben sie einen Kontrollgang gemacht. Jetzt sitzen Oki und Kassandra draußen vor der Station auf einer Bierbank. Die Sommernacht ist warm, vor ihnen erhebt sich die angestrahlte Basilika, dahinter leuchten die Lichter der Stadt.

»Ich bin ja wirklich nicht traditionalistisch eingestellt«, sagt Kassandra und stellt ihre Tasse ab, »aber ich finde es schon beeindruckend, wie viele junge Leute hier dabei sind und lernen, sich um einen kranken Menschen zu kümmern. Das kommt in unserer Gesellschaft doch viel zu kurz.«

Oki winkt ab.

»Doch, es beeindruckt mich wirklich!«, insistiert Kassandra. »Und du beeindruckst mich auch, Oki. Du hast eine ganz tolle Art, mit den Kindern umzugehen!«

»Ach was, das ist doch nichts.«

»Doch, ist es. Du kannst dich total gut auf sie einlassen. Das hätte ich am Anfang nicht von dir gedacht.«

Oki betrachtet liebevoll Kassandras verrutschtes Häubchen und findet, dass sie unwiderstehlich damit ausschaut.

»Willst du wissen, was ich am Anfang über dich gedacht habe?«, fragt sie.

Auf keinen Fall, denkt er.

»Was denn?«, fragt er.

»Du wirktest irgendwie unbeteiligter, als du in Wahrheit bist. In manchen Momenten machst du den Vorhang zu, und man kommt nicht mehr an dich ran.«

Er runzelt die Stirn.

»Diese Skepsis finde ich aber völlig nachvollziehbar«, sagt sie. »Ich mag das. Da steckt etwas Unangepasstes, etwas Nicht-Einverstandenes drin. Das ist doch völlig berechtigt, wenn man sich die Verhältnisse in unserer Welt anschaut.«

Er blickt tief in ihre großen, runden Häubchen-Augen, die ihn liebevoll ansehen.

»Jetzt hab ich den Faden verloren«, sagt sie und streicht sich eine Strähne aus der Stirn.

»Vielleicht fang ich grad an, Lourdes zu idealisieren, aber es ist doch erstaunlich, dass selbst so eine Pappnase wie unser Teamkollege hier, sich Urlaub nimmt, um behinderte Kinder auf eine Wallfahrt zu begleiten. Und er hat ja sogar erzählt, dass er in Wien einmal in der Woche beim Orden Essen austeilt! Das ist doch enorm engagiert und selbstlos.«

»Das macht er doch nur, weil es bei den Österreichern Voraussetzung ist, um nach Lourdes zu fahren.«

Sie stutzt.

»Aber dann ist es ja noch edler, wenn er so einen Einsatz zeigt, um überhaupt nach Lourdes fahren zu DÜRFEN!«

»Liebste, da bist du auf einem Auge blind.«

Über ihren Rücken rieselt ein Schauer. Ihr Rücken mag, wie Oki mit ihr spricht.

»Der macht das nicht, um Kranken zu helfen«, fährt Oki fort, »und auch nicht für die Mutter der Barmherzigkeit. Der fährt mit, weil er die Leute hier spannend findet.«

»Aber …«

»Nix aber. Das ist genau die Sorte Salon-Katholik, wie du sie überall findest. Und in Lourdes ganz besonders. Oder hast du ihn einmal mit nem Kind auf dem Arm gesehen?«

»Nein, aber ich habe da auch nicht drauf geachtet. Als Nachtwache ist er aber tatsächlich ein Loser.«

Oki zuckt zusammen, und Kassandra beschleicht die Ahnung, dass Oki im normalen Leben möglicherweise auch nicht so der Durchstarter ist. Sie schaut auf seine tiefen Falten um die Augen.

»Wenn du mich fragst«, schiebt sie rasch nach, »ich mag unser kapitalistisches System ja nicht, das den Menschen weismachen will, sie wären Loser, wenn sie nicht in jeder Schlange vorne stehen.«

Das beruhigt ihn zwar, sie selbst aber leider nicht. In ihr leuchten die Warnlampen weiter, es ist ihre Erfahrung mit Berliner Männern, diesen idiotischen, auf die fünfzig zugehenden *2nd generation Hipstern*, die im Grunde noch nichts in ihrem Leben erreicht haben. Jedes Mal wenn sie sich auf einen einlässt, dann passiert immer dasselbe: Der Typ kriegt Schiss, weil sie eine Frau ist, die für mehr taugt. Und dann haut er ab und lässt sich von einer Unkomplizierteren mit weniger Format trösten. Und sie ist mal wieder die Angeschmierte, weil sie dumm-verliebt auf Illusionen baute und mal wieder dachte: Hier ist es schön, hier will ich bleiben.

»Sag mal, was machst du eigentlich beruflich?«, fragt sie sachlich.

Wie Oki diesen Satz hasst. Er findet alles, was er darauf antworten könnte, lächerlich.

»Am liebsten wäre ich ausschließlich Künstler …«

Oje! Nicht schon wieder ein Künstler!

»… aber fürs Konto kümmere ich mich um Immobilien«, sagt er zögerlich.

»In etwa wie ein Hausmeister?«

Kassandra versucht, nicht ironisch zu klingen, als könne ihr Gegenüber alles sein, außer selbstverständlich reich.

»So ähnlich.«

»Aha. Und in echt jetzt?«

»In echt gibt es da diese Familienstiftung, die wir Geschwister und die Mami geerbt haben, als der Papi vor zehn Jahren gestorben ist. Und da gehören ein paar Mietshäuser dazu.«

»Und du schaust ihnen dabei zu, wie sie von der Aktiva- auf die Passiva-Seite der Bilanz wandern?«

Er lacht.

»Solange es dafür Geld gibt, warum nicht? Klingt nach einem guten Leben.«

»Noch gibt es dafür Geld. Seit Papis Tod ist die Stiftung aber quasi entscheidungsunfähig. Keiner traut dem anderen. Jeder glaubt, dass er die Führung übernehmen muss. Im Grunde sehen sich meine Geschwister häufiger vor Gericht als zu Familienessen.«

»Und was sagt die Mami dazu?«

»Die steckt da leider mittendrin. Im Moment geht es ums Ferienhaus auf Capri.«

»Oh, das ist ja traurig. Und was ist dein Part dabei?«

»Ich halte mich am liebsten raus. Obwohl, manchmal vermittle ich auch zwischen ihnen. Aber der Frieden hält nicht lange. Ich weiß dann auch nicht, was ich machen soll.

Ich weiß nur, dass ich so nicht leben will. Sollen die sich ihre Capri-Sonne sonst wo hinschieben! Ich finde das alles einfach nur erbärmlich.«

Während er spricht, spürt Kassandra, dass sie anfängt, Oki richtig gut zu finden. Sie mag diesen Materialismus verachtenden Punk, der da in ihm steckt. Das ist mal ein Mann, mit dem man in Banken einbrechen und Akten stehlen könnte, denkt sie begeistert. Und mit Kindern kann er auch umgehen. Sie schaut liebevoll auf seine Augenfalten, die sie an Engelsflügel erinnern, und versucht, sich zusammenzureißen: *Pussy, hör auf zu pumpen!*

Lazarus

Oki läuft allein durch die Nacht zur Grotte, obwohl er lieber bei Kassandra geblieben wäre. Aber aus der Nummer war er nicht mehr rausgekommen, er hatte es zu groß angekündigt: nächtlicher Grottengang, das sollte man unbedingt machen. Natürlich hatte er darauf spekuliert, dass sie zusammen grotteln würden. Bei der Vorstellung rutscht ihm jetzt noch das Herz in die Hose. Leider ist daraus nichts geworden. Dafür hätten sie den Nachtwachen-Dritten wecken und ihm die Verantwortung für die Station übergeben müssen – völlig undenkbar bei diesem Hampelmann.

Er kniet sich auf eine der Gebetsbänke vor dem weißen Altar, wo sich ein Berg aus brennenden Kerzen auftürmt. Darüber auf einem Felsvorsprung leuchtet die Statue der Maria im Scheinwerferlicht. Hinter dem Altar tropft das Wasser, *un'aqua magica*, über den Felsen, an dem tagsüber Pilger vorbeiziehen, ihn berühren und küssen, Menschen voreinander in Tränen ausbrechen und Fremde sich umarmen. Nein, er wollte jetzt nicht an seinen verstorbenen Vater denken und mit welcher Inbrunst der in der Grotte von Lourdes niedergekniet war. Oder daran, dass er sich an keine echte Umarmung vom Vater erinnern konnte; selbst am Sterbebett war es beim wohlerzogenen *bisou bisou* geblieben.

Nach seinem Tod war Oki oft wütend zur Grotte gelaufen und dann traurig gegangen. War flehend gekommen und Stunden geblieben. Erst in den letzten Jahren hatte er die nächtlichen Besuche aufgegeben, um sich die Enttäuschung zu ersparen. Es hatte sich ja doch nichts in seinem Leben zum Besseren gewandelt, stattdessen lebte er abgeschieden auf dem Land und wurde immer depressiver.

Und für alle anderen bleib ich der Taugenichts, der sich in seine Werkstatt zurückzieht, um who-knows-what zu schnitzen. Ansprüche stellen sie an mich keine mehr. Hauptsache ich bleib einigermaßen stabil und mach weiter keinen Ärger.

Kurz bedauerte er es, dass er noch nie so ein Grottenerlebnis gehabt hat wie Georgie. Dann könnte er sich jetzt wenigstens daran erinnern; und was einmal war, kann ja wiederkommen. Für diese höheren Weihen bin ich wohl nicht gemacht, denkt Oki, verharrt aber trotzdem. Nach unbestimmbar langer oder kurzer Zeit steht er auf und geht missmutig zurück.

Vorm *Accueil* auf der Bierbank erwarten ihn eine aufgerissene Tafel Schokolade und eine dampfende Tasse Tee. Er setzt sich, zündet eine Zigarette an und wartet, dass Kassandra zu ihrem Tee zurückkehrt, aber sie kommt nicht. Während er raucht, überkommt ihn ein ungutes Gefühl, weil er raucht, statt sich nützlich zu machen. Kassandra würde dafür jetzt bestimmt dem Kapitalismus die Schuld geben. Er lächelt und vermisst sie, obwohl er sie gerade erst gesehen hat und sie jeden Moment wiedersehen wird. Er beschließt, sie zu suchen. Weit kann sie ja nicht sein.

Im Gang der Krankenstation hört er komische Geräusche. Etwas keucht und platscht, jemand flucht, er rennt los. Die Tür von Saal Blau steht sperrangelweit auf. Er sieht Kassandra neben einem der Betten, sie stemmt ihre Arme gegen den Rücken eines Jungen, es ist Björn, während der sich von der Bettkante runter auf den Boden erbricht.

Holy Shit, denkt er. Er rennt zum Bett, greift sich den Koffer und zieht ihn zur Seite. Im letzten Moment angelt er sich noch ein Paar Schuhe, das sonst im Einzugsgebiet gestanden hätte, schon folgt der nächste Schwall. Kassandra legt ihren Oberkörper auf der Matratze ab und stemmt sich gegen Björns Rücken, um ihn besser in stabiler Seitenlage halten zu können. Björn ist nicht gerade der Kleinste und wiegt gut fünfzig Kilo.

»Lass mich das machen«, sagt Oki.

»Passt schon«, sagt Kassandra. »Jetzt geht's eh besser als eben.«

Björn röchelt. Das Speien muss ihn endlos anstrengen. Sein Körper fühlt sich kalt an. Er ringt nach Luft. Stunden vergehen. Dann wird das Röcheln langsamer, regelmäßiger.

»Ich glaube, jetzt ist alles raus«, sagt Kassandra und richtet sich auf. Sie dreht Björn auf den Rücken. Sein Gesicht ist kreidebleich. Aber er ist am Leben, denkt sie, ganz eindeutig. Sie schiebt ihm ein Kissen in den Bogen zwischen Schultern und Hüfte.

»Ich geh die Ärztin holen«, sagt Oki. Kassandra hört ihn kaum, nickt aber. Sie streichelt Björn sorgenvoll über die Wange. Befühlt seine feuchte Stirn, seine Augen glänzen fiebrig und seine kurzen Arme zittern immer noch aufgeregt.

Oh du armes Wesen, was macht dir hier so sehr zu schaffen!? Ist das wirklich nur ein stinknormaler Grippevirus?

Versunken in die Betrachtung des Kindes rekapituliert Kassandras Verstand die letzten zehn Minuten. Wie konnte es sein, dass sie im richtigen Moment im Raum gewesen ist, um diesen gelähmten Jungen quasi vorm Erstickungstod zu retten? Was hatte sie veranlasst, noch mal nach Björn zu schauen, obwohl sie doch gerade erst einen Kontrollgang gemacht hatte? Was war das, was sie dann gesehen hat, als sie an Björns Bett stand und spürte: Hier stimmt doch was nicht.

Björn hatte völlig reglos vor ihr gelegen, *schläft er wirklich? Aber hey, atmete er überhaupt? Oh Gott, er atmet doch gar nicht! Der Brustkorb steht doch still! Hör mal! Du musst atmen! Hörst du mich?* Aus der Tiefe des Brustkorbs hörte sie ein Geräusch, das klang wie ein Blubbern, ein Gurgeln auf dem Weg, den Hades zu verlassen, es stieg ihm die Kehle hinauf. Da hatte Björn die Augen aufgerissen und angefangen zu röcheln, zu schlucken, etwas verstopfte seine Lunge; und da wusste sie, was sie zu tun hatte.

Kassandra streicht dem Jungen das schweißnasse Haar aus der Stirn und sagt: »Jetzt hast du es geschafft, mein Guter. Gleich ist Hilfe da.«

Ein paar Augenblicke später steigt die Ärztin über das Erbrochene am Boden und schaltet Björns Bettlampe an. Sie blickt in seine glänzenden Augen, befühlt seine Stirn und nimmt dann sein Handgelenk, um den Puls zu messen. Der ist okay, wenn auch ein bisschen schnell. Dann schaut sie zu Kassandra.

»Bist du in Ordnung?«

»Ich?«

»Ja, du.«

Kassandra lacht schrill.

»Bei mir ist alles gut.«

Ich stand zwar gerade Stirn an Stirn mit einem potenziellen Erstickungstod, aber sonst: alles super.

»Hauptsache Björn ist okay.«

Die Ärztin kontrolliert Björns Medikamentenplan, Oki wischt den Boden, nur Kassandra steht weiter neben sich.

»Das Bett müssen wir neu beziehen«, sagt die Ärztin. »Und umziehen müssen wir ihn. Habt ihr einen frischen Schlafanzug?«

Oki und Kassandra schauen sich an.

»Vielleicht im Koffer?«

Sie schauen auf den Koffer und ekeln sich.

»Kann man alles wegwischen.«

Kassandra ist dankbar, dass die Ärztin ab jetzt das Kommando übernimmt und ihr jeden Handgriff souffliert. Sie finden einen unbeschadeten Schlafanzug und irgendwann auch den Ort, an dem die frische Bettwäsche für die Station aufbewahrt wird. Sie legen Björn eine neue Windel an und drücken ihm eine Kissenwurst in den Rücken und eine zwischen die Knie. Dann deckt Kassandra ihn zu und findet, dass er schon wieder ein bisschen Farbe im Gesicht hat.

Gott behüte dich, mein Engel. Und keine Sorge, du bist nicht allein, wir kommen gleich wieder nach dir schauen!

Draußen auf der Bierbank legt Oki Kassandra eine Decke um die Schultern.

»Im Grund habe ich ja gar nichts anderes gemacht, als ihn im richtigen Moment auf die Seite zu drehen, damit er sich übergeben kann«, sagt Kassandra und stockt. Was ist das gewesen, was sie in diesem Moment gespürt hat? Was hat sie da gesehen? Stirn an Stirn …

Bist du Gott oder der Tod?

»Aber dass du dann auch noch im richtigen Moment auftauchst, Oki! Du hättest auch zehn Minuten später kommen können. Ich hätte zehn Minuten später sein können. Das ist doch verrückt!«

Sie fasst sich an die Stirn. Oki atmet tief durch und angelt sich eine Zigarette.

»Und ich hatte am Abend schon so ein komisches Gefühl, dass heute noch was passieren wird. Das könnte ja so eine Art Vorahnung gewesen sein!«

Sie hält den Atem an, denn sie spürt, wie ihr die Hybris zu Kopfe steigt.

Ich bin beides.

»Er ist beides«, sagt Kassandra.

»Wie bitte?«

Ihre Mimik sackt in sich zusammen.

»Ich bin müde.«

»Kein Wunder.« Oki würde jetzt gerne ihre Hand nehmen, aber er traut sich nicht.

»Ich weck mal den Dritten, und dann kannst du dich ausruhen.«

Oki verschwindet auf Station.

Ausruhen? Wie das? Ihr Körper zittert. Und wenn diese merkwürdigen Bodenwellen und dieses Maskengesicht, das ihr bei ihrer Pause im Traum erschienen ist, doch eine Vorahnung waren? Oder eine Vorsehung? Sie muss sich zusammenreißen, dass sie sich jetzt nicht in ihren Namen reinsteigert, den sie sich mit der trojanischen Seherin teilt. Sie versucht, sich zu beruhigen. Um wieder klar zu werden, wendet sie einen ihrer Skills an. Sie schließt die Augen, stützt sich auf ihre Unterarme und summt Dvořáks 9. Sinfonie »New World«.

Als Oki zurückkehrt, erschrickt er vor der schmerzzerfurchten Zartheit in ihrem Gesicht. Er eilt zu ihr, ergreift ihre Hand und streichelt sie. Sie zieht nicht zurück, sondern legt ihren Kopf an seine Schulter, und er hat allen Grund, im gleichen Zug seinen Arm um sie zu legen, sie an sich zu ziehen und ihr, als sich die Umarmung lang genug gut angefühlt hat, einen Kuss aufs Häubchen zu drücken.

Hat er mich gerade geküsst? Jesus Maria, fühlt sich das gut an.

Sie hebt den Kopf, weil ihr Nacken in der Position anfängt zu schmerzen. Jetzt sind ihre Nasen keine zehn Zentimeter mehr voneinander entfernt. Der Anblick fesselt, sie sacken tiefer, wer zuerst blinzelt, hat verloren. Kassandra dreht den Kopf weg und schaut direkt auf die angestrahlte Basilika Mariä (unbefleckten) Empfängnis.

Was für ein faszinierend seltener, erster potenzieller Kussmoment!, denkt sie lächelnd. Aber das kann ich noch rauszögern. Soll er ruhig etwas schmachten.

Warum hat sie mich gerade nicht geküsst?

Die Zahl 23

Björn schläft nun friedlich, und Oki und Kassandra albern herum. Vor der monströsen Kaffeemaschine aus den Siebzigern pustet Oki Kaffeepulver von Kassandras Kragen. Dann schmieren sie Baguette mit Aldi-Nutella und Industriemarmelade fürs Kinderfrühstück, draußen wird es langsam hell. Kassandra hat ihren toten Punkt überwunden, ist dementsprechend aufgekratzt und findet alles nur noch *madonna mia*. Dass Björn jetzt einfach so friedlich schläft, als wäre nichts gewesen. Dass Andreas sich wie ein Eichhörnchen im Schlaf zusammengerollt hat, dass der Hosenstall vom Nachtwachen-Dritten offen steht und keiner es ihm sagt, *madonna mia!*

In bester Stimmung geht sie mit einem Kaffee in der Hand eine letzte Runde über die Station. Gleich wird die Nachtwache vorbei sein. Sie schließt die Tür von Andreas' Zimmer, damit ihn der bald einsetzende Trubel auf dem Flur nicht aufweckt. Sie blickt nachdenklich auf die Tür von Saal Blau und spürt, dass es Björn dahinter gut geht, und dass sie nicht noch mal reinzugehen braucht, was wieder nur Lärm machen würde. Ihre Knie sacken leicht ein, die Anspannung fällt ab, sie taumelt aus der Station hinaus ins anbrechende Tageslicht.

Auf den Bierbänken sitzt Fanni mit einer Tasse in der Hand.

»Oh, hallo, wie war die Nachtwache? Alles gut überstanden?«

Sofort richten sich mehrere Augenpaare auf Kassandra. Bald ist sie umringt von besorgten Pilgereltern, die sich nach dem individuellen Befinden ihres Kindes erkundigen.

»Es war viel los. Aber es ist alles gut gegangen.«

Eine Pilgerin mit mütterlich untersetzter Figur boxt sich zu Kassandra durch.

»Und die Marianne? Wie war die Marianne heut Nacht?«

»Wer war noch mal Marianne?«

Statt einer Antwort bricht die Pilgerin urplötzlich in ein schrilles Gelächter aus, so urplötzlich wie Schnee von Tegernseer Bergspitzen.

»Wenn du nicht mal den Namen kennst! Dann kann ja nichts gewesen sein. Dann hat sie bestimmt geschlafen – dem Herr im Himmel sei Dank.«

Muss ich jetzt auch ihr Kreuz küssen?, denkt Kassandra. Wann darf ich endlich ins Hotel? Ihr ist kalt. Da entdeckt sie zwischen den Leuten die Ärztin und schiebt sich zu ihr durch.

»Danke, danke und noch mal danke für letzte Nacht. Ohne dich hätten wir das nie geschafft. Konntest du noch einigermaßen gut schlafen?«

Die Ärztin freut sich sichtlich über drei Mal Danke schon am Morgen und sagt:

»Passt schon! Du, im Vergleich zu meiner Notaufnahme ist das hier wie Urlaub.«

»R. E. S. P. E. C. T.«

Kassandra muss rein zur Nachtwachen-Übergabe auf dem Flur der Station. Anwesende der folgenden Sitzung sind: die Nachtwache, sämtliche Saalschwestern, der Zugchef, die Zugchefin und der hyperaktive Basti, der sich weigert, zurück ins Bett zu gehen. Stattdessen will er Oki auf den

Schoß krabbeln und »rumhample mit de Oki«, womit er Kassandras Herz entrückt wie es kein Zweiter könnte.

Da sitzt er also, ihr – ja wie soll man das nennen – neuer Flirt, mit einem ein bisschen zu viel, ein bisschen zu wenig behinderten Kind auf dem Arm, spielt mit ihm und macht es glücklich. Einfach so, als wäre das doch nichts. Plötzlich ist Kassandra selbst auch so glücklich, dass sie glaubt, ihr Herz müsse zerspringen. Dann registriert sie eine auf sich gerichtete Bleistiftmine. Man erwartet ihre Antwort. Die Person hinter dem Bleistift spricht:

»Ich muss das jetzt ganz genau wissen! Und alle, hört ihr, alle hören jetzt zu, was die Nachtwache uns zu berichten hat. Und jetzt: die Nachtwache!«

Die Mine des Bleistifts zeigt weiterhin auf Kassandra.

»Bitte!«

Kassandra schüttelt sich kurz.

»Was genau meinst du denn jetzt? Das mit Björn haben wir doch schon erzählt.«

»Nein Basti! Das geht so nicht! Ich habe dir gerade gesagt, dass du hier jetzt nicht rumhample kannst, weil wir, weil die Erwachsenen hier was zu besprechen haben. Geh auf dein Zimmer!«

Magdalena zeigt mit ausgestrecktem Arm auf Bastis Zimmertür und wartet, dass er ihrer Anweisung folgt. Aber der sieht das nicht ein und bleibt. Während Magdalena erfolglos weiter versucht, ihre Autorität zu beweisen, tauschen die Saalschwestern ungeduldige Blicke aus. Dann spricht Kassandras Saalschwester sie direkt an:

»Gibt es sonst noch was Bestimmtes, das unseren Saal betrifft? Irgendwelche kleineren Vorkommnisse, Stuhlgang zum Beispiel? Das muss ich notieren wegen möglicher Einläufe.«

Kassandra hängt ihre Nase in den Morgenkaffee. Sie hat genug Kacki in den letzten zwölf Stunden gerochen. Sie mag nicht mehr an Kacki denken. Kacki kacki kacki. Na gut, was muss, das muss. Sie nimmt sich das Nachtwachen-Buch.

»Bei uns war's, lass mich nachschauen, nur Jenny.«

Sie betrachtet nachdenklich ihre eigene Handschrift und denkt: Da gibt es plötzlich ein Davor und ein Danach wie ein Schnitt durch die Zeit. Das Davor war beispielsweise, als wir Jenny gewickelt haben. Wann war das gewesen? Da steht's ja. 23:23 Uhr. Nicht im Ernst!

Gleich zwei Mal hintereinander springt Kassandra die Zahl 23 ins Gesicht wie eine Epiphanie. Als gäbe es keinen Zweifel daran, dass sich hinter der magischen Zahl eine mystische Wahrheit verbirgt. Das kann kein Zufall sein, alles ist vorherbestimmt, und ich kann es sehen … Stopp!, denkt Kassandra, um die galoppierenden Gedanken zu zügeln. Doch der Skill, den sie während ihres Aufenthalts in einer psychosomatischen Tagesklinik gelernt hat, zeigt wenig Wirkung. Also versucht sie den nächsten und kramt in ihren Schürzentaschen nach einem Center-Shock-Bonbon der Sorte Super Sour. *Ich hab sie dabei. Drei Stück sogar. Thank God.*

Post-Verklärungs-Psychose

Kassandra läuft neben Oki durch den blauen Dunst des Morgens. Sie ist schweigsam, wickelt ihren Ordensmantel fester um sich und friert trotzdem. Plötzlich bleibt sie wie angewurzelt vor einem Plakat stehen, auf dem ein schwarz-weißes Foto von einer jungen Frau abgebildet ist.

»Wer ist das?«, fragt Kassandra.

»Das ist die Bernadette.«

Kassandra fährt mit ihrem Finger die Konturen des schönen, fest entschlossen wirkenden Gesichts auf dem Plakat nach.

»Dieses Foto kannte ich noch gar nicht. Das könnte aber hinkommen.«

»Wie bitte?«

Kassandra schiebt die Schulterblätter zusammen und richtet sich auf.

»Was könnte so hinkommen?«

Kassandra antwortet nicht. Das Masken-Gesicht im Traum!, denkt sie und wird von einem Schauer ergriffen.

Oki schaut sie besorgt an. »Was ist mit dir? Komm, wir laufen schnell ins Hotel und holen uns ein schönes Croissant. Dann wird alles gut. Du siehst blass aus.«

Kassandra fügt sich Okis Ansage wie ein Kind und trottet neben ihm her. Als sie die Straße überqueren wollen, reißt Oki sie am Arm zurück. Der Grund dafür ist ein Auto, das sich auf hundert Meter Entfernung mit 15 km/h auf sie zubewegt. Eigentlich findet Kassandra diese aus der Form geratene Männlichkeit lächerlich, denn, kaum vorstellbar, aber wahr, sie geht schon seit fast vierzig Jahren unbeschadet alleine über die Straße. Aber heute ist alles anders. Heute findet sie es angenehm, vorbeugend gerettet zu werden, falls ihr Bewusstsein kurz abdriften sollte. Noch besser findet sie es, dass Oki seinen Arm danach nicht zurückzieht. Irgendwie kann er das gut, dieses Umarmen.

»Was diese Nacht alles passiert ist!«, ruft Kassandra und tunkt ihr Croissant in den Milchkaffee.

»Das hast du jetzt schon zum dritten Mal gesagt.«

»Wirklich? Es kommt aber auch so viel zusammen.«

»Du meinst die Sache mit Björn?«

»Die Sache mit Björn ist der Gipfel!«

»Der Gipfel von was?«

Kassandras Gedanken hechten von einer Quelle zur nächsten: Bernadettes Gesicht, das ihr in der Ruhepause vor der Nachtwache erschienen ist; die Unwahrscheinlichkeit, im richtigen Moment an Björns Bett zu stehen; und zwar nicht nur sie, sondern Oki genauso; ihre aufkeimende Verliebtheit in Oki; ihre Begegnung mit Björns Scheintod. Dann bricht etwas.

Während sie ohne Punkt und Komma weiterredet, betrachtet Oki sie skeptisch. Ihre Pupillen schweben wie große, schwarze Ballons in ihren Augen, an den Rändern wachsen rote Adern zu einem Spinnennetz zusammen.

Sie bringt keinen Satz mehr zu Ende, denkt er, sondern fängt immer wieder neue an.

»Kassandra – ich kann dir nicht mehr folgen«, sagt er bestimmt. »Wann hattest du also diesen luziden Traum, als du das Gesicht der Bernadette gesehen hast? Gestern Abend um 23:23 Uhr?«

Kassandra unterbricht ihre Erzählung und vergisst, was sie als Nächstes sagen wollte, während alle Falten in ihrem Gesicht eine Etage tiefer rutschen.

»Ich kann nicht mehr. Ich bin völlig erschöpft, aber null müde. Und wenn ich ehrlich bin, hab ich Angst vorm Einschlafen.«

Angst vorm Schlafen hat sie?, denkt Oki erstaunt. Das kann er nicht nachfühlen. Schlafen ist eins seiner liebsten Hobbys.

»Aber was soll denn schon passieren?«, sagt er. »Schlafen ist jetzt ganz sicher die beste Medizin.«

Er schaut ihr bittend in die Augen.

»Aber mein Bewusstsein kommt mir so aufgerissen vor«, ruft sie. »Es könnte mir wieder was begegnen, das von weit her kommt. Schlafes Bruder ist der Tod. Ich trau mich jetzt einfach nicht, allein zu sein.«

Endlich weiß Oki, was er zu tun hat.

Maria lactans

Kassandra schlägt die Augen auf. Sie liegt auf ihrem Hotelbett, noch in voller Montur. *Wie bin ich hier hergekommen? Hallo Gedächtnis, wo bist du?* Nichts. Totenstille. *Keine Panik, findet sich schon alles wieder,* sagt ihr Kopf und leiht sich dafür Udo Lindenbergs Stimme. Björn lebt, denkt sie und schreckt hoch. Klassischer Flashback, denkt sie und lässt sich zurücksinken. Auf dem unbenutzten Bett ihrer Zimmernachbarin liegt Oki und schnarcht. Wie rührend Oki mich vorhin ins Bett gebracht hat, denkt sie und bedankt sich bei ihrem Gedächtnis, dass es die Lücke so schnell von selbst gefüllt hat. Dann war Gott also letzte Nacht konkret anwesend, um Björn zu retten, denkt sie und fährt wieder hoch. Und hat es mir vorher im Traum sogar noch angekündigt. Träum ich?, denkt sie. Genau wie die Metaebene ist Gott also etwas, das das Leben ständig begleitet. Sie lächelt und betrachtet Oki in seinem Overall, wie er ohne Decke auf dem Bett liegt, mit einer Hand unter der Wange wie ein Z.

So ein großer Kerl in so ner zarten Pose.[19] *Und das könnte jetzt meiner sein?*

Sie folgt einem inneren Impuls, greift sich die Decke und breitet sie über Oki aus. Auf irgendeiner Ebene scheint ihn zu erreichen, dass er gerade zugedeckt wird, denn er gibt

19 *So ein großer Gott in so einem kleinen Lamm!*

ein zufrieden schnaubendes Geräusch von sich. Kassandra hebt seinen Arm und kuschelt sich an seinen warmen Körper. Jetzt wacht Oki ein bisschen auf. Er schnuppert an ihrem Haar und zieht sie fester an sich ran.

Oje, das fühlt sich ja jetzt schon nach Liebe an, denkt Kassandra, and only true love wins. Aber warum auch nicht: Wenn es Liebe ist, macht sie sich natürlich von Anfang an bemerkbar, sprengt alle Grenzen der Vernunft und pocht auf sofortige Erfüllung. *Hab ich mich ernsthaft in Oki verliebt?*

Sie holt tief Luft, um den inneren Druck mit einer langsamen Ausatmung zu regulieren, da lässt sie etwas aufhorchen. Kassandra schnuppert in die Luft hinein und findet: Er/Es riecht wie etwas Grünes. Wie eine kleine, grüne Quelle, die tief im Wald zwischen dichtem Moos leise vor sich hin gluckst. Draußen scheint die Mittagssonne hell und gleißend. Ihre Strahlen zerschellen am dunklen Vorhang wie Wellen am Riff. Kassandra fühlt sich hellwach. Um die Zeit zu vertreiben, beobachtet sie die unregelmäßig aufflackernden Lichtpunkte am Rand des dicken Stoffs, die zusammengenommen eine schräg in den Raum gestellte Fläche markieren.

Wie Sterne am Himmel!, denkt sie. So was Banales wie Vorhanggeflacker müsste man auch mal messen und in 3D umformatieren. Da kommt dann bestimmt ein Rhythmus raus, der sich nur mit Musik begreifen lässt.

Sie lässt es fließen und denkt, dass die Welt immer nur aus einer sich kontinuierlich bewegenden Schräglage heraus betrachtet und gedacht werden kann. *Denn dein Ich ist das Prisma, durch das sich das Licht bricht.*[20]

---

20 Käptn Peng und die Tentakel von Delphi.

Wenn ich jetzt schon im Kopf anfange zu tanzen, kann ich auch gleich aufstehen, denkt sie, löst sich aus Okis Umarmung und geht ins Bad. Dort erschrickt sie sich vor ihrem Spiegelbild, denn ihre Augen glänzen verklärt-illuminiert und ihr Blick sticht tief ins Leere, als hätte sie vier Tage *Burning Man* hinter sich.

Sie beschließt, sich nicht weiter irritieren zu lassen, sondern erst mal zu duschen.

Ob hier aus allen Hähnen Lourdes-Wasser fließt? Dann würde ich jetzt eine Dusche im *aqua magica* nehmen. *Geil, geil, geil – habt ihr noch Pepps?*

Sie steigt unter die Dusche. Das Wasser läuft ihr über den Nacken, über den Po, über ihren Busen, Körbchengröße C, und fühlt sich an wie ganz normales Wasser. Sie sammelt sich. Danach ölt sie ihren gebräunten Körper von oben bis unten ein. Das Handtuch lose um die Hüfte geschwungen, macht sie ein paar Dehnübungen zur Stärkung des unteren Rückens, verschränkt die Arme hinterm Kopf, reckt die Ellenbogen hoch, und kommt dadurch in eine klassische Venus-Pose. Sie schaut in den Spiegel und findet, dass ihre Augen schon besser aussehen. Die Pupillen stechen weniger vor. Ihr Blick berührt ihren Busen, der durch die hochgereckten Arme zehn Jahre jünger ausschaut, gleitet über die Muskeln auf ihrem Bauch, wieder über den Busen. *Wann hab ich mich eigentlich das letzte Mal nach Knoten abgetastet?* Sie nimmt eine Brust in die Hand, Druck entsteht, die Form wölbt sich auf. *Hallo Nippel im Blütenbett.* Als Kassandra das Gefühl bekommt, keine Befunde vermelden zu können, passiert es: Urplötzlich und zum allerersten Mal in ihrem Leben quillt aus ihrer Brust ein weißer Tropfen hervor. Sie starrt ihn ungläubig an.

Werd ich jetzt vollkommen irre? Träum ich etwa immer noch?

Sie ruft alle ihre Sinne herbei und erkennt, sie ist wach. *Aber was heißt das schon?* Sie steht im Bad, und ihre Füße sind nass, und trotzdem fließt da grad ein weißer Tropfen aus ihrer Brust.

Holy moly – was ist das?

Die Flüssigkeit rinnt ihren Busen hinab, sie versucht, sie mit dem Finger zu stoppen. Kassandra schaut in den Spiegel. Jetzt leuchten ihre Augen wieder wie verrückt. Sie weiß, dass sie diese Situation gerade überfordert, doch sie kann es auch nicht mehr aufhalten. *Empfange ich hier gerade ein Zeichen, dass ich doch noch Mutter werde? Oder krieg ich jetzt gerade eine Unbefleckte Empfängnis?*

Sie kichert. *Das ist doch völlig irre!* Sie holt ihr Handy aus der Schürze, setzt sich aufs Bett und googelt. Sie liest sich durch seitenlange Beschreibungen. In der Medizin nennt man das Phänomen eine Galaktorrhoe. Die meisten Diagnosen klingen nach Krankenhaus, eventuell Krebs. Immer dann, wenn die Galaktorrhoe eine andere Farbe als Weiß hat. Ihre G. ist aber weiß gewesen, und das scheint unbedenklich. Das kann einfach so auftreten und steht im Zusammenhang mit einem erhöhten Prolaktinspiegel.

»Was ist mit meinem Busen los, dass er die Milchdrüsen anschmeißt? Was weiß er, was ich nicht weiß?«, sagt sie laut.

Sie versucht, sich ganz genau zu erinnern: Der Tropfen war zusammengesetzt aus einer transparenten und einer weißen Flüssigkeit. Da war auf keinen Fall Rot wie Blut dabei und auch kein Schwefelgelb wie Eiter. Gerochen hat es auch nicht, oder? Sie hält ihren Zeigefinger unter die Nase und riecht … ja, eigentlich nichts. Vielleicht sollte sie Oki mal testen lassen und ihm während er schläft den Finger unter die Nase halten? Wer weiß, welche Pheromone ihm dabei übermittelt werden, und was das wiederum mit seinem Hormonhaushalt macht? *So what's love got to do with it?*

Immaculata conceptio

Später frühstücken Oki und Kassandra draußen in einem Café auf der schmalen Promenade, durch die hin und wieder ein Lieferwagen fährt.

»Ich glaub, ich hab vorhin von einem Woody-Allen-Film geträumt«, sagt Oki nachdenklich.

»Von welchem?«, fragt Kassandra.

»Was Sie schon immer über Sex wissen wollten. Und da die Szene mit dem gigantisch großen Busen, der über die Landschaft rollt und Woody vor sich herjagt.«

»Ach, wirklich?!« Kassandra muss ein Lachen unterdrücken.

Love/God, – how much closer do you want to get?

Sie schaut auf die Straße. Hier tummeln sich Pilger, Mönche, Nonnen, Kranke, Rentner, Jugendgruppen, Touristen. Und Soldaten.

»Oki, warum sind hier eigentlich so viele Soldaten?«

»Übermorgen beginnt die Soldaten-Wallfahrt. Das werden noch viele, viele mehr!«

»Nicht dein Ernst – das sind alles echte Soldaten?«

»Das sind nicht nur echte Soldaten: Das sind unsere Soldaten!«

Kassandra muss an einen ehemaligen Spielgefährten denken, einen israelischen DJ, der wie fast alle Israelis früher Soldat gewesen ist, und an den schmerzhaften Frust, der in ihm wütete. Scheiß Krieg, macht alles nur kaputt. Scheiß

Krieg. Scheiße, Kacke, Pisse. Sie verschluckt sich am Milchkaffee und muss ihn zurück in die Tasse spucken.

»Oje, alles okay? Geht's wieder?« Er legt seine Hände auf ihre Schultern. »Schön langsam atmen. Easy in den Rhythmus finden und gleichmäßig ein- und ausatmen – das ist ganz einfach.«

Es funktioniert. Sie beruhigt sich und schaut Oki erstaunt an. *Heilige Maria, den pränatalen Einführungskurs können wir uns schon mal sparen.*

Sie zahlen und laufen zum oberen, von der Straße eher unscheinbaren Eingang des Heiligen Bezirks, von wo aus ein Wandelgang hinter der Basilika runter zu den Bädern führt. Die Sonne scheint nun schon in frühen Nachmittagsfarben. Eine Stunde haben sie noch, bis ihr Dienst wieder losgeht. Sie setzen sich auf eine Steinbank am Hang und strecken die Füße aus. Die vorbeilaufenden Soldaten gaffen Kassandra an wie ein Messdiener nen Minirock. In meiner Ordenstracht halten sie mich wahrscheinlich für eine echte Nonne, denkt sie, aber eine ungewöhnliche Nonne mit provokant rotem Lippenstift. Oki schaut derweil einem Trupp Soldatinnen hinterher.

»Hoppla, sind die heiß«, sagt Kassandra wie ein Mann und meint das völlig ernst. »Ob die auch bei tinder sind?«

»Du bist bei tinder?«

»Mir hat's geholfen, um über bestimmte Single-Phasen hinwegzukommen.«

Sein Gesicht kommt näher, sein Blick löst sich in ihrem auf.

»Na, das brauchst du ja jetzt nicht mehr«, sagt er und küsst sie. Sie liebt seine Lippen von der ersten Berührung an. *Herr im Himmel, kann der gut küssen! Diese Zunge! So fordernd und gleichzeitig weich!*

»Du riechst unfassbar gut«, sagt Oki. Er lässt sein Gesicht wandern und zieht mit der Nase über ihre Wange.

Sie kriegt dabei einen orgiastischen Elevator-Kick. Irgendwann öffnet sie wieder die Augen: Jeder, der an ihnen vorbeikommt, starrt sie an.

»Oki, ich glaube, wir beide müssen das mal unterbrechen.«

Er hebt den Kopf, schaut sich um, lacht und küsst sie noch mal auf den Mund. Und noch mal, und ein letztes Mal. Dann nimmt er ihre Hand, führt sie zu seinen Lippen und sagt: »Dann lass uns derweil für Anke ein Souvenir besorgen. Ein bisschen Zeit haben wir ja noch.«[21]

In einem der vielen *Bling-Bling*-Geschäfte kauft Kassandra eine Madonnen-Plastik, die man unterm Sockel aufdrehen kann, um Wasser hineinzufüllen. »So, und wo kriegen wir jetzt das *aqua magica* her?«, fragt sie.

Oki nimmt sie an der Hand und läuft mit ihr zu den Wasserhähnen, die am Fuß der Kirche aus der Steinwand ragen. Dort stellen sie sich in eine lange Schlange aus wartenden Pilgern.

»Und danach musst du mir noch zeigen, wo genau der Rosenstrauch gestanden hat, auf dem Bernadette die Maria zum ersten Mal gesehen hat!«, sagt Kassandra hibbelig.

Wow – ist die unruhig!, denkt Oki und sagt: »*Die schöne Dame*. Bernadette hat nie gesagt, dass sie Maria gesehen hätte, sie hat sie immer nur ›die schöne Dame‹ genannt und dann zum Schluss: *Immaculata conceptio*. Das hat Bernadette auf Latein gesagt, obwohl sie gar keins konnte. Sie sprach ja nicht mal richtiges Französisch.«

21 *While the angels sing.*

Kassandra schaut ihn skeptisch an.

»Dass sie zwei Worte auf Latein sagen konnte, reicht dir als Gottesbeweis? Ich bitte dich! Über das Dogma der Unbefleckten Empfängnis muss sich doch die ganze katholische Welt unterhalten haben. Das war ja erst vier Jahre alt.«

»Das bezweifle ich. Damals gab es keine Medien wie heute, und lesen konnte sie auch nicht.«

Okis naiver Widerspruch reizt sie. »Aber wenn sich etwas bis ins Hinterland verbreiten konnte, dann ja wohl bitte ein päpstliches Dogma!«, ruft sie etwas zu laut, andere Pilger drehen sich um. Etwas leiser sagt sie: »Und bei dem Trubel, der sich um ihre Liebfrauenerscheinungen entwickelt hat, bin ich mir sicher, dass sie erst recht mit dem Begriff konfrontiert wurde. Sie hat die Worte ja erst beim letzten Mal gesagt, nach achtzehn Erscheinungen, die sich über Monate hinstreckten.«

»Willst du behaupten, dass es nicht die Worte der Erscheinung waren, sondern Bernadette sich das nur ausgedacht hat?«

Okis Stimme hat nun einen inquisitorischen Tonfall bekommen, doch sie lächelt.

»Ich glaube, das ist dasselbe«, sagt Kassandra. »Bei einer transzendenten Begegnung geraten die Ebenen durcheinander, plötzlich hängt alles mit allem zusammen, und alles passt unter diesen einen Begriff: das Dogma, die Erscheinung und Bernadettes persönliche Situation. Aber ich bin davon überzeugt, dass Bernadette die Worte vorher aus dem Mund eines Menschen gehört hat. Und dass sie mit dem Begriff etwas verbunden hat, das sie aus ihrer Not befreien würde.«

Er schaut sie erstaunt an, will etwas sagen, aber Kassandra ist noch nicht fertig. »Für mich stellt sich das so dar: Etwas Gravierendes muss passiert sein, weswegen Bernadette von der Erstkommunion, und damit von der bürgerlichen Gesellschaft, ausgeschlossen wurde. Und *boom!* – drei Tage später hat sie die erste Erscheinung.«

»Sie war geistig zurückgeblieben und hat den Anforderungen des Unterrichts nicht genügt.«

»Das glaube ich nicht. Die vielen Verhöre zeigen doch, dass sie im Gegenteil sogar sehr klug gewesen sein muss.«

Langsam gehen Oki die Argumente aus.

»Schau dir doch bitte ihre Lebenssituation an«, sagt Kassandra. »Also, bevor sie ihre Visionen hatte. Der Vater, ein Tagelöhner und Gesetzesbrecher, galt als Glücksspieler, die Mutter als alkoholkrank. Und dann gab es da noch diese anrüchigen Tanten: Eine davon hatte ein uneheliches Kind, die andere gehörte zur Dorfschenke, wo Bernadette wie eine Haussklavin gehalten wurde.«

Sie macht eine Kunstpause.

»Es muss einen Trigger für ihre Verklärung gegeben haben. Ich glaube, dass Bernadettes Jungfräulichkeit im Zweifel stand. Überleg doch mal: *Immaculata conceptio*, – das ist doch der ultimative Unschuldsbeweis! Dafür spricht auch, dass die Grotte von Massabielle bekannt war als Treffpunkt für professionelle Unzucht.«[22]

Vor Kassandras Augen schwimmen Müdigkeitsteilchen durch die Sehfläche. Sie arbeiten sich flimmernd aus dem Hintergrund hervor und leuchten wie ölige Pfützen. »Wer weiß, zu welchem Zweck diese Tante die hübsche Bernadette den Eltern abgekauft hat!«, sagt sie. »Durch

22 »Wieso hat sie sich dort herumgetrieben? Ist sie etwa eine Hure?«, fragte der Polizeikommissar im Verhör.

ihre schlechte Gesundheit war sie für schwere körperliche Arbeit ja untauglich. Was sollte wohl aus ihr werden? Schau nicht so! Ja, abgekauft, so war's halt. Die Wahrheit ist eben hässlich und keine Schäferidylle.«

Oki kann sich nicht helfen. Er ist fasziniert. *Dass sie es wagt, am Gold der Heiligen Familie zu kratzen!*

»Es darf nicht sein, dass Unrecht hinterm Heiligenschein verschwindet«, sagt er, woraufhin sie ihn sofort verliebt anschaut und ihre türkisen Augen zu leuchten beginnen.

In der Schlange vor den Wasserhähnen sind sie mittlerweile so weit vorgerückt, dass sie als Nächstes dran sind.

»Mensch Oki! Da bist du ja wieder!«, ruft da ein kleiner, sehr kleiner Mann und haut Oki vor Freude auf den unteren Rücken.

»Liebster Harry!«, ruft Oki erstaunt. »Was für eine grenzenlose Freude!«

Er beugt sich runter, sie umarmen sich, wobei Harry Kassandra nicht aus den Augen lässt.

Geht einen Schritt auf sie zu.

»Und wen haben wir hier?«

»Darf ich dir Kassandra vorstellen?«

Oki tritt zur Seite, als wolle er den Platz freimachen für einen Handkuss. Kassandra schaut zu Harry runter und taucht dabei in seine gütigen, durch und durch freundlichen Augen, während ihre Synapsen im Hochbetrieb frisches Dopamin in die Bahnen schießen.

»Aber unbedingt«, ruft Harry laut. »Ich bin entzückt, meine Verehrung!«

Der hat ja Augen wie ein Einhorn!, denkt sie und ist begeistert, denn sie glaubt in seinem Ausdruck alles zu sehen, was die Welt besser und schöner macht.

Harry nimmt ihre Hände und lässt aus einer Kanne kaltes Lourdes-Wasser darüber laufen. Ihre Adern pochen, doch sie bemerkt das Wasser kaum. Kann es etwas Erhabeneres geben als diese Augen?, denkt sie. *Kann es das geben: ein Einhorn in Lourdes? Aber ja, das ist doch total logisch! Jesus wurde im Mittelalter ja auch mit dem Einhorn symbolisiert.*

»Kassandra«, sagt Oki, »hörst du mich?«

Sie blickt verträumt in seine Richtung.

»Joa – tu ich.«

»Gut. Schaust nämlich nicht danach aus.«

Sie soll sich vorbeugen, Harry will ihr ein Kreuz auf die Stirn machen. Okis Körpersprache macht klar, dass das eine ganz besondere Ehre ist. Kassandra kniet nieder und fragt sich, ob dieser wundersame Harry, Harry, das Einhorn, auf einer höheren Ebene spüren kann, dass sie seit heute Morgen eine G. hat.

»Ich will dich segnen«, sagt Harry, »und du sollst ein Segen sein.«

Kassandra zuckt zusammen.

»Das ist ja mein Taufspruch!«, ruft sie. »Woher weißt du das?«

Er schaut sie an.

»Das habe ich nicht gewusst. Woher auch?«

»Aber du hast es gesagt. Diesen einen von allen Segenssprüchen, die du kennst. Was für ein Zufall!«

»Du bist hier in Lourdes, Baby«, sagt Oki. »Hier gibt es keine Zufälle.«

»Das kommt mir langsam auch so vor. Alles voller Veronikas hier, lauter *Vera Ikons*, wohin man auch schaut.«

Harrys Blick ruht auf Kassandra, dabei verfällt er in ein sinnlich-sinnierendes Lächeln.

»Sag einmal, könntest du mir zeigen, wo der wilde Rosenstrauch gestanden hat, über dem die Erscheinung geschwebt hat?«, fragt sie Harry, der an dieser Bitte sofort Gefallen findet.

»Liebend gerne. Kommt mit.«

Er führt sie vor den weißen Altar am vorderen Eingang der Grotte und läuft dann vier große Schritte Richtung Fluss, der hinter dem silbernen Metallgeländer im hohen Tempo den Berg hinabstürzt.

»Hier etwa muss es gewesen sein. Beim ersten Mal hat Bernadette allerdings auf der anderen Seite des *Gave* gestanden. Kurz vorher sah sie sich gezwungen, den Fluss zu überqueren, und sie hatte Angst, *große* Angst. Aber dann hat sie das Licht in der Grotte gesehen. Es kam von dorther, *aquerò* nannte sie es, und dann hat sie sich ohne Zögern die Socken ausgezogen und ist durchs Wasser gelaufen, ohne die Kälte überhaupt zu spüren.«

»Die Geschichte mit den Socken und Bernadettes Ungehorsam gegenüber der Mutter, bloß nicht die Socken auszuziehen.«

Kassandra nickt und holt aus ihrer Schürzentasche ihr vorletztes supersaures Center-Shock-Bonbon.

»Ist eh toll, wie genau die Epiphanie in Lourdes dokumentiert wurde. Ich arbeite im Fachbereich Archäologie und war in dem Zusammenhang mal einer Epiphanie der Artemis auf der Spur. Aber keine Chance, eine Verschriftlichung zu finden. In solchen Situationen kriegst du in der Forschung entweder Form-Paranoia oder du buddelst eben weiter.«

Harry und Oki lachen.

»Durch Lourdes kann ich mir das jetzt viel besser vorstellen«, fährt sie fort. »Wie das damals in Magnesia gewesen sein muss, bei der Epiphanie der Göttin Artemis. Was das für die Menschen bedeutet haben muss! Für die ganze Region! Heilendes Wasser spielte in Magnesia übrigens auch eine Rolle, genau wie in Lourdes. Interessant, oder?«

Das finden Oki und Harry auch, sogar sehr. Sie nicken und hängen an ihren Lippen und integrieren intuitiv, als sie von der Artemis-Erscheinung im Jahr 223 v. Chr. erfahren, die Erzählung der anderen Religion, als wäre es eine Präfiguration ihrer eigenen; schließlich entspringt alles demselben Geist.

»Also, schaut her«, sagt Harry und hält seine Hände, als trügen sie eine Kugel. »Alles begann mit dem *lumen*, das über den Rosen schwebte. Und dann wurde das Licht immer größer, bis Bernadette eine Frauengestalt darin erkennen konnte: Eine so makellos Schöne, dass es sie in Ekstase versetzte.«

Harry nickt.

»Am Anfang war die Apparition noch ganz klein, nicht größer als zwei Hände, und schwebte auf Augenhöhe über den Rosen, so hat Bernadette es beschrieben.«

»Genau so kamen bildlich die Rosen an die Füße der Maria! An die nackten Füße! Bernadette hatte ja auch nackte Füße, klarer Fall von Selbstreflexion.«

Welche Blume wohl zur Epiphanie der Artemis gehört hat, denkt Kassandra abdriftend, Lotus vielleicht? Lotus geht immer, *Egypt was everywhere*. Was sonst noch? Irgendein Schilfgewächs bestimmt. Eins mit üppiger Blüte. Etwas, das am Wasser wächst, – *flüsternd*: *Es ist das Wasser.*

»Also ich wäre jedenfalls glücklich, wenn genauso sorgfältig dokumentiert wäre, was genau 223 v. Chr. in Magnesia passiert ist, genauso wie hier in Lourdes.«

23.23.23.[23]

»Oki, mir ist schwindelig.«

»Schon wieder?«

»Da sind wieder diese Bodenwellen, als würden wir auf nem Schiff sein.«

Ihre Augen beginnen ungläubig zu staunen.

»Ich halte dich.«

Harry betrachtet wohlwollend den intimen Moment der Umarmung und wendet sich ab, um den nächsten Fisch zu segnen. Kassandra schnappt nach Luft.

---

23 Zahlen-Paranoia.

»Diese Bodenwellen sind völlig *cray cray*. Weißt du, woran mich das erinnert?«

Sie flüstert es ihm ins Ohr. Er nickt.

»Was du jetzt brauchst, ist Ablenkung und was Pragmatisches zu tun.«

Er schaut auf die Uhr.

»Unsere Schicht fängt ja auch bald wieder an. Die anderen sind beim Waldaltar, lass uns aufbrechen. Und auf dem Weg dahin besorgen wir uns noch ein Zuckerwasser, am besten eine kalte Cola.«

Am Waldaltar

Sie nehmen einen Linienbus und steigen nach drei Stationen an einem höher gelegenen Birkenhain aus. Oki und Kassandra laufen auf die anderen zu und bemerken viel zu spät, dass sie noch Händchen halten. Ihr Team hat sich nach der Kindermesse zwischen den Bäumen zerstreut. Überall liegen selbst gestrickte Decken aus. Auf einer hinteren Lichtung spielen sie Frisbee und Fußball. Der Grizzly-Pilger mit Schlips und Barett auf dem Kopf spielt auf seiner Gitarre Jack-Johnson-Lieder und singt dazu. Eben im Bus haben sie sich wieder geküsst, diesmal dezenter und umso liebevoller, gefährlich liebevoll. Die Lippen glühen noch. Jetzt stehen sie da wie ertappt.

Rumschmusen gehört sich mit Sicherheit nicht in Lourdes, denkt Kassandra. Sie versucht, niemandem in die Augen zu schauen, als sie die Menge nach Anke absucht, sie findet, zu ihr geht und sich von ihr in die pflegemütterlichen Pflichten einspannen lässt, als wäre nichts gewesen. Keine Viertelstunde später liegen sie auf den Decken und Anke hat ihren Kopf auf Kassandras Bauch abgelegt und Kassandra ihren auf Okis. Da zuckt Kassandras Bein kurz.

»Was ist?«, fragt Oki.

»Hast du es schon wieder gemerkt?«

»Na klar.«

Er streichelt ihre Hand.

»Na sag schon! Was ist es?«

»Hast du eigentlich auch schon mal dran gedacht, dass Jesus auch das MDMA erfunden haben könnte?«

Oki lacht.

»Das ist eine krude Theorie, ich weiß, aber so könnte es doch gewesen sein bei der Speisung der Fünftausend: Plötzlich schmeckte pures Wasser besser als Wein, und keiner hatte mehr Hunger. Und als alle von dem Wunderwein probiert hatten, wurden sie total unbeholfen und süß wie die Lämmer. Und natürlich von Liebe füreinander überwältigt. Alle sozialen Grenzen waren wie weggefegt. Fertig ist die Brave New World.«

Er küsst seine Fingerkuppe und drückt sie ihr auf die Stirn.

Kassandra kommen die Tränen – *es ist das Wasser!* Sie putzt sich die Nase. »Das kommt mir alles so ekstatisch vor. Als hätte ich eine Pille genommen. Ich weiß nicht, ob ich das noch witzig finden soll.«

»Bleib ruhig. Nimm es an. Keine Panik. Und sprich einfach weiter, ich find interessant, was du erzählst.«

Jetzt möchte Kassandra ihn am liebsten küssen, stattdessen wird sie hysterisch.

»Ich habe aber nichts genommen! Aber irgendwas muss es doch sein. Ich komm mir komplett high vor!«

Sie schlägt sich mit der Hand auf die Stirn.

»Oh Gott, Oki! Jetzt weiß ich, woher mein Trip kommt. Es ist das Lourdes-Wasser!«

»Aber natürlich ist es das Wasser, meine Liebe.«

Er stellt pantomimisch dar, was man damit alles machen kann: taufen, sich bekreuzigen, heilen.

»Ich meine es ernst!«, ruft Kassandra. »Das ist kein fauler Zauber.«

»Ich weiß. Aber das ist doch ganz wunderbar und herrlich so. Cheers to Virgin Mary.«

»Du hast ja nen noch größeren Vogel als ich.«

»Aber gewiss nicht den größten hier.«

Oki zeigt in die Runde. Der Punkt geht an ihn.

Sie schauen sich lange in die Augen. Plötzlich verstellt sich Okis Blick wie die Linse einer Kamera, jetzt blickt er ihr mehr auf die Augen als in die Augen. Ihm gefällt Kassandras starr gewordener Blick nicht.

»Der Trip sollte mal ein Ende finden«, sagt Kassandra, »ich hab bald nur noch Brei im Kopf.«

Anke kichert.

»Glaubst du, sie versteht, was wir sagen?«, fragt sie und streicht dem Mädchen übers Haar.

Anke rupft ein Gänseblümchen aus und hält es sich ans Ohr, und Kassandra sagt:

»Vielleicht sollte ich mich mal mit unserem Priester darüber unterhalten.«

Beichte II

Kassandra setzt sich mit Priester Kurt etwas abseits der Gruppe ins Gras. Vor ihnen auf der Lichtung des Birkenhains liegt ein kleiner See. Das Schilf steht still, auf den Seerosenblättern sonnen sich süße Knospen.

Kassandra bekreuzigt sich.

»Im Namen des Vaters und des Sohnes und des Heiligen Geistes.«

Der Priester spricht:

»Der Herr im Himmel, der die Herzen erleuchtet, schenke dir wahre Erkenntnis deiner Sünden und seiner Barmherzigkeit.«

Soll ich ihm sofort von meiner G. erzählen? Das glaubt er mir doch niemals! Der hält mich doch für verrückt!

»Ehrlich gesagt, fällt es mir schwer, mich zu öffnen«, sagt sie.

Priester Kurt bringt das nicht aus der Ruhe.

»Und doch bist du heute hier. Nicht um vor mich zu treten, sondern vor Gott.«

Diese Selbstverständlichkeit, sich selbst als Tür zu Gott zu bezeichnen! Etwas kribbelt und steigt in ihr auf. Sie sieht es aus der oberen Ecke einer Pyramide hervortreten, nimmt einen Pinsel und malt es mit blauen Buchstaben an. Ob der Priester dasselbe sieht? Doch er bleibt unauffällig. Gefasst. Konzentriert. Ihr ganz zugewandt, ohne dabei aufdringlich zu sein. Irgendwann löst sich ihr verklärter Blick von der See-Oberfläche.

»Also, ich hab da ein Problem, weil sich mein Realitätssinn gerade auflöst. Ich fühle mich wie in einer anderen Dimension. Als würde alles, was in Lourdes passiert, direkt von einer höheren Macht gesteuert werden. Ich habe das Gefühl, Maria und Jesus sind mitten unter uns, denn die Zeichen sind überall.«

Der Priester versteht das Problem nicht: »Genau deshalb sind wir ja auf einer Wallfahrt: Um Gott zu begegnen.«

»Aber wenn ich das wahrhaft tue, und dabei sogar göttliche Zeichen empfange, dann bin ich doch quasi die Auserwählte! Diesen Zustand kenne ich aus einem anderen Zusammenhang. Darauf hat die Kirche kein Exklusivrecht! Auf Festivals läuft das doch genauso, da sind auch alle irgendwann völlig berauscht und erleuchtet. Als wäre eine Scheintür aufgegangen, und hindurch schwebt ein Einhorn. Oder dein Trip-Buddy kommt dir wie ein Engel vor, nimmt deine Hand und fliegt mit dir durch die Schönheit der Schöpfung, wo das Gras grüner ist und die Blätter silbern; dann schwebt der Himmel in kristalliner Schärfe auf dich zu und durch dich hindurch.«

Priester Kurt verzieht skeptisch das Gesicht und sagt trocken: »Mit Esoterik hab ich's nicht so.«

»Aber die Ekstase ist doch dieselbe! Um dich herum tut sich so ein energetisches Feld auf und öffnet das Tor für alles, was zum einen großen Ganzen dazugehört. Rosenwunder, Himmelszeichen, Hologramme. Erst jetzt kannst du anfangen zu glauben. Nichts ist mehr unwahr, auch das Unwahrscheinlichste ist denkbar: Wasser wandelt sich in Wein, Wein in Blut und ja, Jesus war der Sohn Gottes und wird es immer bleiben. Aber jetzt mal im Ernst – wer wahrhaft glaubt, hat die Grenze zum Wahnsinn doch schon überschritten!«

Priester Kurt lächelt milde bis zum letzten Satz. Er hebt die Hand, um Kassandras Logorrhö zu unterbrechen, aber sie reagiert nicht.

»… und dann imaginierst du dich neben Jesus, als er seine Bergpredigt hält. Du hörst die Stimmen, die Worte klingen fleischig: *Selig sind, die da geistlich arm sind; denn ihrer ist das Himmelreich* – und du denkst: Das sind ja unsere Lourdes-Kinder. Sie sind es, die das himmlische Jerusalem in sich tragen und an uns weitergeben, wenn wir uns ihnen zuwenden. Und dann switcht es weiter zur Maria. Sie erscheint dir im Bilde: deinem eigenen Bilde! Das bist ja du mit deinem Kind auf dem Arm! Entweder du bist plötzlich die Maria oder völlig irre, also haust du dich lieber mal ins Gras und atmest tief durch. Aber dann merkst du, dass das Gras ja lila ist genau wie die Wolken über dir.«

Pause.

»Wie würde man das als Sünde formulieren?«, fragt sie. »Bin ich jetzt die Auserwählte oder habe ich nur einen Knall?«

»Es klingt, als wärst du tatsächlich mal zu lange auf einem deiner Festivals geblieben. Aber irgendwelche LSD-Visionen haben nichts mit dem wahren Glauben an Gott zu tun.«

Sie versucht es ein letztes Mal:

»Aber der Erleuchtungseffekt muss doch sehr ähnlich sein. Und bei einem Religionsstifter, der ausgerechnet das Weintrinken zum höchsten Ritual erklärt hat, braucht die Kirche gar nicht so unschuldig tun.«

Kassandra schaut den Priester an:

»Und was machen wir jetzt mit mir?«

»Normalerweise werden am Ende einer Beichte die Einsetzungsworte gesprochen und die Absolution erteilt.«[24]

---

24 Beichtender: »Ich bereue, dass ich Böses getan und Gutes unterlassen habe. Erbarme Dich meiner, o Herr.« Priester: »(…) So spreche ich dich los von deinen Sünden im Namen des + Vaters und des + Sohnes und des + Heiligen Geistes.«

»Aber ich habe im eigentlichen Sinne gerade gar nichts bereut.«

Sie schweigen und schauen auf den See, dann hat Priester Kurt die Lösung.

»Lass uns stattdessen ein Gebet sprechen.«

Er faltet die Hände und sucht im Stillen nach den richtigen Worten, mit denen er dieses verlorene Schäfchen noch erreichen könnte. Dann wird seine Stimme dunkel und schön, auf Kassandras Gemüt fällt ein bunter Schatten.

»Großer Gott, der die Welt geschaffen hat. Hilf uns, wenn wir Dich auf vielen verschiedenen Wegen suchen. Lass uns Deine Liebe finden und Deine Sanftmut in uns spüren; lass uns deiner Barmherzigkeit vertrauen. Dein Frieden ist stärker als unsere Angst. Schenk uns das Wissen, dass Du uns liebst, wie wir geworden sind. Weil Du es bist, der uns erhält, so, wie es uns selber gefällt. Amen.«

»Amen«, wiederholt Kassandra und unterschreibt.

Läuterung

Nach der Beichte mit therapeutischem Nebeneffekt surft Kassandra den Hügel runter zu den anderen.

»Wie war's?«, fragt Oki.

»Irre war's. Erst habe ich ganz schön auf den Tisch gehauen, aber jetzt ist in mir alles friedlich.«

Er lacht.

»Auf den Tisch gehauen? Dafür kann eine Beichte ja auch mal gut sein.«

Kassandra atmet durch. Über ihr lässt der Wind die Blätter klimpern, als würden sie Klavier spielen.

Da ist er wieder, denkt sie, der Frieden, der einzieht, wenn alles gesagt ist.

Wortlos legt sie sich auf die Decke und nimmt ihren alten Platz zwischen Anke und Oki wieder ein. Legt ihren Kopf auf Okis Bauch und schließt die Augen.

Hilf uns, wenn wir Dich auf jede erkennbare Weise suchen.

»Auf jede denkbare Weise«, wiederholt sie.

»Madonna mia, was hat sie gesagt«, sagt Oki leise, aber Kassandra reagiert nicht.

Da ist was dran, denkt sie zufrieden und schließt die Augen.

In einiger Entfernung, neben dem Proviantwagen, beginnt die Frischlingstaufe: Wettessen mit Baby-Brei, gegenseitiges Wickeln, Blindekuh mit Windeln vor den Augen. Jeder Frischling muss da durch, nur Kassandra nicht. Oki beschützt sie. Ein bestimmtes Kopfschütteln reicht, schon lassen die anderen sie lächelnd in Frieden.

Festige in mir den Glauben, dass Deine Liebe stärker ist als meine Angst.

Kassandras Bein zuckt und holt sie ein Stück zurück zum Licht.

»Gott ist die Liebe und wer in der Liebe bleibt, der bleibt in Gott und Gott in ihm.[25] *Aber wenn die Liebe zerbricht, zerbricht dann auch Gott?*«

Sie öffnet die Augen und hebt ihren Zeigefinger in die Luft.

»Kommt da noch was?«, fragt Oki.

Sie schaut sich um. Kneift die Augen zusammen und wundert sich. Aber was sagen?

»Nee. Irgendwie nicht.«

Sie schämt sich für ihre Zerstreutheit. Er zieht sie fester an sich ran. Ihr Kopf landet auf seinem Brustkorb.

Hilfe, ist das schön.

25 1 Joh 4,16b.

Lichterprozession I

Sammeln vorm *Accueil*, Aufstellen in Zweierreihen, es ist noch früh am Abend. Einer geht rum und verteilt lange, weiße Kerzen, auf denen ein trichterförmiger Papierlampion steckt. Kassandra betrachtet den Lampion von allen Seiten. Jede der vier Flächen ist anders gestaltet. Zweimal Text, zweimal Bild. Da schau an, denkt sie, ist ja hübsch gemacht diese zeichnerische Grafik, tolles Blau!

Sie dreht den Lampion eine Seite weiter.

Ah okay, und hier das Ave-Maria auf Spanisch, wieder im gleichen Blau, aber aqueró – was ist denn das für ein Wort? Vielleicht der Dialekt, der zu Bernadettes Zeiten hier gesprochen wurde?

Während sie den Lampion noch eine Sequenz weiterdreht, tritt jemand hinter sie. Ruckelt an ihrem Mantel. Krault ihr mit den Fingerspitzen von oben nach unten über den Rücken. Und schon ist Oki wieder weg. Er muss jetzt dafür sorgen, dass alle Mantelkapuzen gerichtet sind und wie ein Dreieck ausschauen. Der rote Innenstoff des schwarzen Ordensmantels soll an der Oberkante eine bandartige Waagerechte bilden; sodass es halt »orden-tlich« ausschaut.

In Kassandra gehen die Endorphine steil, seine Berührung vibriert in ihr nach. Sie schaut zurück auf den Lampion, eine Sequenz gab's doch noch –, und *boom! CREDO in unum Deum, Patrem omnipotentem, factorem coeli et terrae, visibilium omnium et invisibilium. Et in unum Dominum Jesum*

Christum Filium Dei unigenitum. Was für ein toller Rhythmus!, denkt Kassandra. *Et ex Patre natum ante omnia saecula. Deum verum de Deo, lumen de lumine* – den muss ich mir später unbedingt noch mal in Ruhe anhören.[26]

26 »Deum verum de Deo vero. Genitum non factum, consubstantialem Patri; per quem omnia facta sunt. Qui propter nos homines et propter nostram salutem descendit die coelis: *Et incarnatus est de Spiritu Sancto, ex Maria Virgine et homo factus est.* Crucifixus etiam pro nobis, sub Pontio Pilato, passus et sepultus est. Et resurrexit tertia die secundum Scripturas; et ascendit in coelum, sedet at dexteram Patris et iterum venturus est cum gloria judicare vivos et mortuos, cujus regni non erit finis. Et in Spiritum Sanctum, Dominum et vivificantem; qui ex Patre Filioque procedit. Qui cum Patre et Filio simul adoratur et conglorificatur, qui locutus est per Prophetas. Et unam sanctum, catholicam et apostolicam Ecclesiam. Confiteor unum Baptisma in remissionem peccatorum. Et expecto resurrectionem mortuorum, et vitam venturi saeculi. Amen.«

Dienstschluss auf der Hotelterrasse

»Wow, bin ich müde. Dass ihr hier alle noch so munter sitzen könnt! Ihr seid ja Maschinen!« Kassandra blickt in die Runde. Doch die Maschinen haben erschöpfte rote Lourdes-Augen, die den Eindruck machen, als könnten sie heute schon mal geweint haben.

»Ich denke, ich werde mal zügig ins Bett gehen. Durch die Lichterprozession ist es jetzt sowieso schon recht spät«, sagt sie und macht Anstalten aufzustehen. Sie schaut zu Oki. Der nickt, bleibt aber sitzen.

Klar gehen wir jetzt nicht zusammen nach oben, denkt sie und schluckt ein enttäuschtes Gefühl herunter. Versucht, keine Beklemmung bei der Vorstellung zu kriegen, gleich alleine in ihrem Zimmer zu sein wie ein Dornröschen. Ihre Muskeln fühlen sich an wie aus Stein. Alles in ihr sehnt sich nach Tiefschlaf, also letzte Kraft zusammenraufen und sich nach oben ins Bett schleppen … *Los! … LOS!!*

Sie schaut noch mal Oki an. Schaut in die Runde und bemerkt den Aufruhr um sich herum.

»Was ist jetzt?«, fragt sie verwundert.

An ihr vorbei rauscht die Chefin, dicht gefolgt von einer Leibgarde aus vier männlichen Saalschwestern, und verschwindet im Hotel.

»Oh Mann, das gibt's doch nicht«, stöhnt Fanni. »Jetzt hat sie eine Saalschwester-Besprechung einberufen! Dabei haben wir alle erwartet, dass sie zurücktritt.«

Kassandra starrt die Luft an, spürt die Empörung um sich herum und denkt: »Das kommt mir vor wie ein Newsletter von einem anderen Planeten. Jetzt reicht's. Mir reicht's. Der Tag war lang genug. Ab ins Bett.«

Auf dem Weg zum Aufzug läuft sie Leonie, ihrer offiziellen Zimmernachbarin, in die Arme, die ihr einen vielsagenden Blick zuwirft.

»Kassandra, ich wollte dir doch meinen Freund vorstellen!«

Kassandra gibt dem Freund Bussi-Bussi und muss dabei an ihre eigene Scheidung denken. *Nee, jetzt echt nicht.*

»Ihr Lieben«, sagt sie, »nehmt's mir nicht übel, aber ich kann nicht mehr. Alles Weitere morgen. Bussi bussi, gute Nacht. Schlaft gut.«

Keine Stunde später, als sie schon im kurzen Nachthemd unter der Decke liegt und das Licht gelöscht hat, klopft es leise an der Tür. Sie öffnet.

Wort des lebendigen Gottes

Am nächsten Morgen, nach sechs Stunden beschütztem Tiefschlaf, läuft Kassandra durch den Heiligen Bezirk wie Heidi über die Alm. Es ist kurz vor halb sieben, gleich beginnt die Morgenmesse auf dem Dach des *Accueils*. Auf dem Vorplatz der Basilika passiert sie die zentrale Marienstatue. Die Muttergottes trägt ein weißes Gewand, den typisierenden ibizablauen Gebetsschal um die Taille und eine große, goldene Krone auf dem Kopf, deren filigrane Zacken in einen Nimbus aus Sternen münden; sie glänzt im Licht der aufgehenden Sonne. Ihr Antlitz neigt sich weich nach vorne.

»Gegrüßet seist du, Maria«, sagt eine Stimme in Kassandras Kopf. Wahnsinn, denkt sie, das war mein erstes echtes Ave Maria, ganz natürlich von der Zunge weg, als würde sie vor mir stehen. So nah hab ich mich der Maria noch nie gefühlt!

Unweigerlich muss sie nun an ihren Lactans-Busen denken, der auch heute Morgen schon wieder ein kleines bisschen Milch abgegeben hat.

»Haben wir beide jetzt etwas gemeinsam?«

Sie erschrickt wie die Hirten auf dem Feld auf dem Weg nach Bethlehem.

»Aber wenn meine G. wirklich ein göttliches Zeichen ist, dann wurde ich ja von Gott erwählt!«

Oder aber, denkt sie nach einer irdischen Erklärung suchend, ich bin immer noch druff … tuff-tuff.

Sie fahren mit dem Aufzug ins oberste Stockwerk des *Accueils* und laufen hinaus auf das Flachdach. Von hier aus kann man in der klaren Morgenluft über den Heiligen Bezirk, die Stadt und auf die grünen Berge schauen. Die Festung, das *Chateau fort,* kommt einem besonders nah vor.

Priester Kurt erwartet die Pilgergruppe neben einem Tisch vor gut fünfzig aufgestellten Plastikstühlen und sucht jemanden, der die Lesung übernimmt. Impulsiv hebt Kassandra den Arm. Er dreht sich zu ihr hin. Ein Schauer läuft ihr über den Rücken. Ob er sich darauf einlässt, nach der Pseudo-Beichte gestern? Sein Gesicht lässt nichts Argwöhnisches erkennen. Er reicht ihr das Novenen-Heft, zeigt ihr die Stelle, die sie lesen soll, und wendet sich wieder seinem Besteck zu, poliert andächtig den goldenen Kelch und stellt ihn auf dem Klappaltar an seinen einzig richtigen Platz.

Kassandra setzt sich wieder auf ihren Stuhl und fragt sich, was sie geritten hat, sich freiwillig zu melden. Sie sollte sich doch ruhig und unauffällig verhalten – wackle mit dem großen Zeh! Kassandra schlägt das Novenen-Heft auf und schaut sich den Text an.

»Nee, das mach ich nicht«, denkt sie. Offenbar laut, denn Leonie, die neben ihr sitzt, fragt: »Was ist?«

»Schau dir das an«, sagt Kassandra und reicht ihr das Heft. »Das soll ich lesen. Ausgerechnet ich.«

1. Korinther 7,10–16
Nun zu den Verheirateten. Für sie habe ich eine Anweisung, die nicht von mir stammt, sondern die der Herr selbst gegeben hat: Eine Frau darf sich nicht von ihrem Mann scheiden lassen. Wenn sie es bereits getan hat, soll sie ehelos bleiben

oder sich mit ihrem Mann aussöhnen. Dasselbe gilt für den Mann: Er darf sich nicht von seiner Frau trennen.

»Nicht gut«, sagt Leonie. »Versteh ich. Gib es besser an jemand anders weiter.«

»Wem denn?«

»Ich würde das jetzt auch nicht machen wollen.«

Natürlich nicht. Neben Leonie sitzt ihr geschiedener Freund, mit dem sie vor einem halben Jahr einen Welpen gekauft hat. Ihr Freund, mit dem sie nächstes Jahr ins neue Haus einziehen wird. Ihr Freund, ihr Mann ohne Trauschein, ihr alles. Der müsste dann solche Worte aus dem Mund seiner eigenen Freundin hören! Worte, ausstaffiert mit der richterlichen Autorität des Herrn.

Das geht nicht, denkt Kassandra. Dann muss ich wohl tapfer sein. Für alle, die ihr Schwert heben …

Aber was will dieser Text eigentlich ausgerechnet jetzt von mir?, denkt sie und sehnt sich in eine Zeit zurück, in der es noch Zufälle gab. Versteckt unterm Ordensmantel googelt sie los und landet auf www.bibelstelle.de. Sie klickt sich durch bis zum richtigen Korintherbrief und liest weiter in der Übersetzung nach N. N. et al.:

Für Verheiratete, deren Ehepartner nicht an Christus glauben, hat uns der Herr keine ausdrückliche Weisung hinterlassen. Ihnen sage ich Folgendes: Der gläubige Mann soll sich nicht von seiner ungläubigen Frau trennen, wenn sie bereit ist, bei ihm zu bleiben. Und die gläubige Frau soll sich nicht von ihrem ungläubigen Mann trennen, wenn er bereit ist, bei ihr zu bleiben. Denn der ungläubige Mann hat durch die Gemeinschaft mit seiner Frau teil an dem Segen, den Gott ihr gibt, und die ungläubige Frau hat durch die

Gemeinschaft mit ihrem Mann teil an dem Segen, den Gott ihm gibt.

Kassandra liebt es, wenn Paulus so gutmütig schreibt und in seinen Worten zum Ausdruck kommt, dass Jesus eingegangen ist unter sein Dach und in ihm Frieden herrscht, dieser süße göttliche Frieden, an dem jeder teilhaben darf.

Als die Messe so weit fortgeschritten ist, dass es nun Zeit für die Lesung ist, fühlt sie sich einigermaßen gestärkt. Kassandra steht auf, *Gott will es,* und liest den Text vor, den ihr der Priester gegeben hat. An der Stelle »Eine Frau darf sich nicht von ihrem Mann scheiden lassen / / Wenn sie es bereits getan hat, soll sie ehelos bleiben« wird Kassandras Stimme brüchig und droht kurz zu versagen. Ihr Schwert fällt zu Boden. *Herr, vergib mir, denn ich habe mit meiner Ehe einen Fehler gemacht.*

Kurz überlegt sie, ob sie die Fortsetzung des Korintherbriefs auch noch vorlesen sollte, um die Stimmung wieder zu kitten. Doch sie traut sich nicht, geht stattdessen mit gesenktem Blick zurück zu ihrem Stuhl.

Ich bin nicht würdig, dass du eingehst unter mein Dach. Wann wird meine Seele gesund?

Den Rest der Messe nimmt Kassandra kaum teil, schaut zu den grünen Wiesen am Berghang und wirkt dabei wie abgeschaltet. Als die Gruppe danach noch Zeit hat, die Aussicht vom Dach zu genießen, weil auf Station erst noch die Nachtwachen-Besprechung stattfinden muss, kommt einer der Grizzlys zu ihr und nimmt sie spontan in den Arm.

»Du hast ausgeschaut, als hättest du eine Umarmung nötig gehabt«, sagt er.

Ihre offenbar gewordene Verletzlichkeit ist Kassandra

peinlich, aber was soll sie dagegen machen? Es ist, wie es ist. Sie wird für den Rest ihres Lebens eine geschiedene Frau sein.[27]

Plötzlich holt er ein Smartphone aus der Brusttasche seines Overalls und stellt die Kamera an. »Komm, wir machen ein Selfie.« Er streckt seinen langen Arm aus und richtet die Linse des Bildschirms so aus, dass sein Kopf in der linken, unteren Ecke erscheint. Im Hintergrund sieht man die große Basilika und die steilen Berge. Kassandra winkt Oki und Fanni ran, damit sie sich dazustellen. Am Ende sind es fast zehn Leute auf einem grandios gelingenden Groupie, denn alle lachen und strahlen darauf wie von Engeln begleitet.

---

27 *Herr, Sende Aus Deinen Geist, Und Alles Wird Neu.*

Piscine I

Nach dem Kinderfrühstück haben sich das Team und die Kinder vorm *Accueil* versammelt und überqueren nun in Zweierreihen wie Waggons eines Zuges die Brücke und laufen am Fluss an der Basilika vorüber, vorbei an der Grotte, wo gerade eine Messe auf Niederländisch gefeiert wird, und sie halten vor einem niedrigen, in den Fels gebauten Gebäude. Hinter der Betonwand befinden sich die Becken mit heiligem/heilendem Bernadette-Quellwasser. Die Gruppe läuft durch die Vorrichtung, die die wartenden Pilger ähnlich wie bei einer Passkontrolle am Flughafen in Laufspuren einordnet. Überall um sie herum wird gebetet und gesungen, und Kassandra nimmt zum ersten Mal wahr, wie international die Pilgerschar in Lourdes ist. Sie lächelt einer pausbäckigen Brasilianerin zu, die mit halb geschlossenen Augen konzentriert ihren Rosenkranz betet.[28]

Oki schaut Kassandra skeptisch an.

»Ich bin mir nicht sicher, ob es eine gute Idee ist, dass du jetzt in die *piscine* gehst«, sagt er, und Kassandra kann nicht so recht beurteilen, ob er dabei belustigt oder besorgt ausschaut.

»Warum denn nicht? Ich kann mir vorstellen, dass es sogar besonders schön wird, wenn doch derzeit meine Synapsen so weit offen stehen.«

---

28 *Sie sieht mich nicht, doch sie weiß, ich bin da.*

Während sie spricht, dreht sich ihr Vordermann zu ihnen um.

»Ich finde auch, du solltest unbedingt reingehen! Wann hat man schon die Gelegenheit? Es ist wirklich ein ganz besonderes Wasser.«

»Kennst du dich damit aus?«

»Oh ja.«

Er reiht ein paar chemische Begriffe aneinander, die alle was mit wichtigen Kristallen und dem Magnetismus des Meeresleuchtens zu tun haben. Wie beruhigend, denkt Kassandra, der Typ ist mindestens so irre wie ich! Sie betrachtet seine vor Vorfreude leuchtenden Augen, den lächelnden Mund. Irre, aber glücklich.

»Ich verstehe ja, dass dich das reizt, aber vielleicht wird es im Moment doch zu viel für dich«, sagt Oki.

»Hast du Angst, dass ich eine Überdosis von dem Wasser kriege?«

»Das nicht, aber triggern wird es dich bestimmt. Die Bäder sind schon unter normalen Umständen anstrengend. Da wird umarmt, geweint, gebetet, empfangen – das ist intensiv! Du kannst ja auch morgen noch in die *piscine* gehen oder nächstes Jahr. Heute könnte das ein bisschen zu viel sein für dich.«

»Wieso denn zu viel?« *Bist du jetzt mein Vormund?* »Ich fühl mich genau richtig. Wirklich.«

Auf gar keinen Fall wird sie sich das entgehen lassen! Die Quelle hatte Bernadette mit bloßen Händen ausgegraben, wobei sie sich, so berichten Augenzeugen, büschelweise Gras und Erde in den Mund gestopft und sogar runtergeschluckt hat. Fast wäre nach diesem Ereignis die allgemeine Erscheinungs-Euphorie abgebrochen, man befürchtete, es mit einer Irren zu tun zu haben, bis ein paar Tage später sich das erste Wunder ereignete. Kassandra mag diesen Teil der Überlieferung besonders, beweist er doch, dass auch der Wahnsinn einen wahren Kern haben kann. Als Bernadette die Quelle gefunden hatte und die Muttergottes bald darauf erschien, trug diese ihr außerdem auf: Eine Kirche solle an diesem Ort gebaut werden und Prozessionen abgehalten. »Tut Buße und kehrt um«, soll Bernadette es den Mächtigen dieser Welt weitersagen und unbeirrbar bleiben im Glauben. *Tut Buße und kehrt um / Weil's nun mal für's Beste ist.*

Kassandra wirft Oki einen Luftkuss zu, dann werden sie getrennt. Oki schlägt ein Kreuz vor der Brust, zwinkert ihr zu und folgt den anderen Männern in die *piscine* hinein.

Piscine II

Fanni steckt ihren Kopf durch den Vorhang, der die Umkleidekabine von dem Becken dahinter trennt. »*Pas encore*«, sagt eine *stagiaire* zu ihr und schickt sie zurück. Fanni setzt sich wieder auf ihren Stuhl in der Kabine, in der noch zwei andere Pilgerinnen warten, und stellt die Füße übereinander. Sie trägt jetzt nur noch einen blauen Umhang aus Leinen, darunter ist sie nackt; doch das Sakrale ist überall.

Fanni betet kein Ave-Maria wie die anderen, sie kann jetzt an nichts anderes mehr denken, als dass sie drei Tage drüber ist. Ob das Ei sich bereits in ihrer Gebärmutter eingenistet hat? Sie spürt da definitiv was: ein Ziehen wenige Zentimeter oberhalb ihrer Leiste oder auch dahinter. Seit Tagen könnte sie deswegen ohne besonderen Anlass in Tränen ausbrechen, denn ja, sie wünscht sich ein Kind, natürlich wünscht sie sich ein Kind. Jetzt so stark wie nie zuvor, da es einen Grund zur Hoffnung gibt.

Der Maria muss ihre Befruchtung ja auch in ganz besonderem Maße klar gewesen sein, denkt Fanni erstaunt. Dann bekennt sie spontan vor sich selbst ihre Schuld und bittet den Vater im Himmel: »Vergib mir, dass ich meinen Freund wegen der vergessenen Pille angelogen habe. Falls ich jetzt schwanger werde, bitte mach, dass er mich deswegen nicht verlässt. Mach, dass er überglücklich ist, wenn er erfährt, dass wir ein Kind kriegen, und auf keinen Fall, niemals!, auf die Idee kommt, das Wort Abtreibung auch nur in den Mund zu nehmen. Amen.«

Der Vorhang wird ein Stück weit aufgezogen, und zwei *stagiaires*-Damen in blauen Schürzen bitten Fanni hinein. Zwei weitere stehen am Kopfende des länglichen Beckens aus türkisenen Fliesen, an dessen Ende eine Jesusfigur aufgestellt ist. Fanni tritt auf die oberste Stufe der Treppe, die hinab ins Becken führt. Extrem kaltes Wasser umspült ihre nackten Füße. Vier Hände nehmen ihr den blauen Umhang ab, im gleichen Moment wird um ihren Rumpf ein nasses Tuch gewickelt. Ein unfassbar kaltes nasses Tuch. Sie beißt die Zähne zusammen und lässt sich, ohne zimperlich zu sein, von den *stagiaires* ins Wasser führen. Sie geht drei Schritte vor, dann sieht sie an der Stirnseite vor den blau-grünen Fliesen eine kleine, auf Augenhöhe angebrachte Marienstatue, dann geht alles noch schneller. Die *stagiaires* tunken sie rückwärts ins Wasser, ins kalte, sehr kalte Wasser. Dann stellen sie Fanni wieder auf die Beine, drehen sie um und stützen ihre Unterarme während des Rückwegs; da beginnen die anderen *stagiaires*-Damen, das Ave-Maria zu beten, für Fanni diesmal auf Deutsch; währenddessen wölbt sich die Felswand, *massa vièlha,* wie ein Firmament über ihre Köpfe und atmet die Gebete, die unter ihr die Herzen verlassen, *spiritus sanctus,* ein und wieder aus, ein … Fanni bricht in Tränen aus.

Eine *stagiaire* nimmt sie in den Arm, eine nächste streichelt ihr über die Wange. Eine dritte wedelt hektisch mit den Händen und schaut ängstlich zu einer vierten, deren strenger Blick das *malheur* ebenfalls erfasst hat, denn Fannis Umhang ist zur Seite geklappt, was einem mittelschweren Verbrechen gleichkommt: nun konnte der Herr Fannis Hintern sehen.

Mit einstudierten Handgriffen ziehen die Damen Fanni

wieder den BH an und legen ihr das blaue Leinentuch um. Dann drehen sie sie um, als wäre sie eine Puppe, damit sie sich zum Abschluss vor dem Altarbild, gen *aqueró*, bekreuzigen kann. Später in der Umkleidekabine sinkt Fanni auf einen der blauen Plastikstühle und weint leise weiter.

Als sie umständlich und zitternd versucht, ihre Kleider anzuziehen, nimmt eine großmütterlich wirkende *stagiaire* sich ihrer an und hilft ihr. Sie zieht ihr sogar die Schuhe an. Etwas fällt runter und klirrt, es ist Fannis Namensschild. Die *stagiaire* hebt es auf.

»Ach, bei dem Orden bist du!«, sagt sie, wobei in ihrer Stimme leichte Ironie mitschwingt. »Mit denen wollte ich auch mal nach Lourdes fahren, aber die haben mich nicht genommen. Da fehlten mir wohl die höheren Weihen.«

Fanni ist vom Themenwechsel ins Profane, so steil kopfüber, völlig überrumpelt. Sie vermutet aber, dass die *stagiaire* das adelige Chichi ihrer Pilgergruppe meint.

War das früher wirklich so streng? Heute ist das Team doch längst nicht mehr exklusiv-adelig unterwegs.

»Meinen Weg nach Lourdes habe ich aber trotzdem gefunden«, fährt die *stagiaire* fort, »es hat zwar etwas gedauert, aber nun bin ich schon so lange dabei, dass ich beim *stage* auch *piscine*-Dienst machen darf.«

Sie hebt den Kopf und schaut Fanni in die Augen. Ihr Blick ist warm und gütig und keine Spur von Groll über die alte Kränkung ist darin noch zu finden. Stattdessen hebt die *stagiaire* die Hand und zeichnet mit dem Daumen ein Kreuz auf Fannis Stirn. Sofort schießen Fanni wieder die Tränen in die Augen.

»Danke, dass ihr für mich *(für uns)* gebetet habt«, sagt sie schluchzend. »Ich habe da nämlich was ganz Bestimmtes unterm Herzen.«

Ernüchterung

Keine Dreiviertelstunde später sieht Oki Kassandra alleine vorm Ausgang der *piscine*. Sie hat Anke offensichtlich an ihre Saalschwester abgegeben, um sich einen Moment Ruhe und Besinnung zu gönnen. Sie steht am Geländer und starrt in den Fluss.

»Und, wie war's?«

Sie schaut ihn an.

»Das ist nicht so meins«, sagt sie. »Ich habe nicht das Geringste gespürt.« Sie wirkt ein bisschen enttäuscht.

Oki muss grinsen. Er ist erleichtert. Nackter Rationalismus ist ihm jetzt lieber als der nächste Erleuchtungsschub.

Als die Saalschwesterx mit Anke zu ihnen kommt, freut sich Kassandra sichtlich, ihren Schützling wiederzusehen, und drückt ihr einen Kuss auf die Stirn.

»Meine kleine Süße, hab ich dich wieder.«

Anke lächelt sediert vor sich hin. Kassandra prüft die verschiedenen Gurt-Gerätschaften, die ein individuell angefertigter Rollstuhl so mit sich bringt, und ist zufrieden, als alles gut sitzt. Sie richtet sich auf, rückt ihr Häubchen zurecht, hält Anke an der Hand und sagt zu Oki im Flüsterton *piccante*: »Aber die da drinnen haben doch echt ne Macke!«

Oje, denkt Oki, was ist jetzt schon wieder los? Woher kommt die Wut?

»Am liebsten würde ich jetzt eine rauchen«, sagt Kassandra.

»Aber du rauchst doch gar nicht mehr.«

»Die haben echt einen Schuss.«

»Was ist denn passiert?«

»Nichts ist passiert. Ich hab mir das aber genau angeschaut. Ich habe Anke in die Kabine begleitet, die *stagiaires* haben sie ins Wasser getunkt, was Anke erstaunlich gelassen mitgemacht hat, sie hat sogar ganz entzückend dem Jesus einen Schmatzer gegeben. Aber weißt du, was dann für ein Theater entstand, dass zu keinem Moment der Busen vorm Herrn entblößt sein darf? Das hat mir die Stimmung total kaputt gemacht.«

Davon hat Oki tatsächlich noch nie was gehört, aber das Problem gibt es in den Männer-Kabinen nicht. Da hat man sein Handtuch um die Hüften, wenn man ins Becken geht, Punkt aus.

»Was für ein Heckmeck. Bei den Frauen ist das Problem der BH, er muss der Gebadeten wieder angezogen werden, bevor sie sich wieder dem Herrn zeigen, also umdrehen darf. Da steckt doch diese systematische Feindlichkeit gegenüber dem weiblichen Körper dahinter.«

Ausgerechnet für meinen Lactans-Busen soll ich mich jetzt schämen?

»Da geh ich nicht mit. Das ist nicht meine Religion!«

Piscine III

Am Büfett des Team-Mittagsessens im Hotel muss sich Fanni zwischen Hähnchenkeule und Spaghetti bolognese entscheiden. Sie nimmt sich Pasta und setzt sich an einen der Zehner-Tische im Restaurant. Als sie ihre Gabel in den Berg aus Sauce auf den Nudeln sticht, denkt sie an industrielle Fleischverarbeitung und das vorangegangene, entwürdigende Leben eines Nicht-Bio-Rinds. Ihr wird schlecht. Oder wird ihr gerade wegen was anderem schlecht?

Am Tisch richtet sich die Aufmerksamkeit auf einen taufrischen *piscine*-Erlebnisbericht, vorgetragen von einer behäubten Pilgerin, die im echten Leben bei politischen Verbandstreffen die Bedeutung ehrenamtlicher Arbeit in Kinderheimen auf die Tagesordnung setzen lässt. Fanni vergisst die Bolognese und hört lieber zu.

»Und dann bin ich da mit Lilly rein in die Kabine, und ich hab gemerkt, das gefällt ihr hier gar nicht. Sie fing sofort an zu weinen! Und dann hab ich den *stagiaires* gesagt: Entweder sie geht mit mir ins Becken oder gar nicht! Da haben die natürlich erst mal blöd geschaut, also hab ich mir einfach die Lilly geschnappt, hab sie auf den Arm genommen, bin losgegangen und hab mich auf die erste Stufe ins Wasser gestellt, und so was wie ›Auf geht's‹ gesagt.«

Sie atmet aus.

»Und dann haben sie gespurt, und es ging los. Und dann wurde es so wunder-, wunderschön!«

Sie trinkt einen Schluck Wasser, köstliches Lourdes-Quellwasser aus der selbst abgefüllten Plastikflasche mit Grottenprint.

»So hab ich sie gehabt.«

Sie ahmt eine Körperhaltung nach, mit der sie das gelähmte Kind wie eine Puppe vorm Bauch getragen hat.

»Und dann haben mich die *stagiaires* links und rechts am Arm genommen und haben meinen Oberkörper nach hinten getaucht, und das Wasser floss erst über mich und dann über Lillys Körper, und dann hat sie plötzlich laut angefangen zu lachen; sie lag praktisch auf mir und ich in den Armen der *stagiaires*. Das war so ergreifend, alle haben plötzlich angefangen zu weinen, alle … – oje, jetzt geht das ja schon wieder los!«

Sie sucht nach einem Taschentuch. Sie findet keins, man reicht ihr eins.

»Und wie dann das Wasser um uns gespült ist, zwischen Lillys und meinem Körper durch, das war so –«

Das glauben alle sofort. Und staunen. Und freuen sich für sie, dass ihr eine so ergreifende Lourdes-Erfahrung zuteilwurde, und das gleich statt ihrer allerersten Fahrt.[29]

»Es war einfach unglaublich! Meine Haut fühlt sich jetzt ganz anders an.«

Sie streichelt sich über den Handrücken.

»Meine auch«, sagt Fanni. »Es fühlt sich an wie Samt.«

---

29 In Wahrheit ist es gleichgültig, ob es das erste Mal ist oder ein späteres, denn die Offenbarung vollzieht sich als unteilbare mit absoluter Erkenntnisgewalt, welche ewig gültig ist und gütig nach Barmherzigkeit strebt.

Sakraments-Prozession

15.15 Uhr Sammeln
15.45 Uhr Sakramentsprozession

Es ist 15.10 Uhr. Kassandra bindet Anke die Orthesen um die Füße, stülpt die Sandalen über die Orthesen und zieht den Klettverschluss fest.

»Das klappt doch schon richtig gut«, sagt sie. »Wenn man mit dir spricht und dir ein bisschen Zeit lässt, setzt du dich ja fast von alleine in den Rollstuhl.«

Sie murmelt: »Sonnencreme, Notfall-Windel, frisches Lätzchen, hab ich. Den pfeifenden Biber nehmen wir auch mal mit, kann nicht schaden. Was fehlt jetzt noch? Mein Mantel, der Sonnenhut mit dem Ordenskreuz drauf, warum hält der linke Klettverschluss nicht? Der muss fester sitzen, sonst rutscht der Fuß raus und schleift übern Boden …«

Kassandras Hand schnellt nach oben. Sie erwischt Anke und hält ihr Handgelenk fest.

»Anke, nein! Nicht die Haare, hatten wir gesagt.«

Anke hält dem Gegendruck ein bis zwei Sekunden stand, dann zieht sie ihren Arm wieder zurück. Legt ihn sich auf den Oberschenkel. Nimmt ihre andere Hand dazu und dreht die Daumen im Kreis. Kassandra schaut zurück auf den Klettverschluss, da taucht in ihrem Augenwinkel Ankes Hand wieder auf. Wie der Rüssel eines Elefanten schlängelt sie langsam vorwärts, hin zu diesem schönen weichen Element, das sie so gerne in den Händen hält.

»Nein hab ich gesagt!«, sagt Kassandra mit Nachdruck. Mit Strenge. Mit Autorität. Wo kommt das plötzlich her?, denkt sie. Lernprozess über Nacht oder göttlicher Support? Keine Zeit jetzt darüber nachzudenken, wir müssen zusehen, dass wir fertig werden. Klettverschluss, Haare, Orthese, Mantel, Sonnencreme, Klettverschluss, Haare schützen, ohne das Häubchen könnte sie es gleich verloren geben …

»Kann ich euch irgendwie helfen?«, fragt die Pilgerin von Ankes Bettnachbarin.

»Oh ja bitte. Wärst du so lieb und hältst ihre Hände beschäftigt? Einfach Händchen halten, vielleicht ein bisschen klatschen, nur solange bis ich hier diesen Klettverschluss im Griff hab? Aber pass auf deine Haare auf, nicht dass sie dran zieht – sie liebt Haare.«

Die Neue wird von Anke sofort akzeptiert. Sie klatscht vergnügt in die fremde Hand ein, befühlt sie, zieht sie sich vors Gesicht und riecht daran. Dann wandert Ankes Hand weiter nach oben. Die Pilgerin lässt sich erstaunt im Gesicht betasten[30], dann weiter hinauf zum Häubchen, da, sie findet eine weiche Haarsträhne und –

»Aua, nicht so doll.«

Kassandra hilft, Ankes Faust zu öffnen, die ein Büschel Haare fest umschlossen hält.

Ich hab's ja gesagt, sagt Kassandras Blick.

»Ist alles in Ordnung bei dir?«, fragt sie.

Die Pilgerin nickt. Der Schreck steht ihr gut.

---

30 Anke's magic.

Protestanten-Prozession

Die Gruppe sammelt sich vorm *Accueil* und bricht dann geschlossen auf. Die Laufordnung etabliert sich wie bei einer Tischordnung in Zweierreihen: Frauen links, Herren rechts. Neben Kassandra reiht sich ein strammer junger Mann ein, Mitte-Ende zwanzig, der so blond ist wie ein Wagnerscher Siegfried.

Schon auf dem Weg zum Open-Air-Altar, es ist die prä-prozessionelle Phase, erobern sie die Aufmerksamkeit der anderen Pilger wie im Flug. Ich komm mir vor, als würden wir zu einer Demo laufen, denkt Kassandra. Und die Kinder sind wie Banner, wie Plakate oder Transpis. Ihr Leiden ist es, wogegen hier Einspruch erhoben wird bzw. Fürbitte gehalten.

Sie halten und warten unter den Platanen neben dem Freiluftaltar, über den sich ein mehrstöckiges Segeldach aus weißem Leinen spannt. Jetzt wäre die Gelegenheit, um mit dem angenehmen Männchen neben ihr in Kontakt zu treten, denkt sie, in alte Gewohnheiten verfallend. Oder auch, um einfach nur ein bisschen zu verschnaufen.

Sie schaut über den Platz, auf dem sich die Pilger versammeln. Heute sind schon viel mehr Soldaten unter dem Prozessions-Publikum. Publikum? Na ja, denkt sie. Soldaten und Soldatinnen, die statt in den Krieg zur Maria ziehen, werden doch umgehend performative Prozessionsteilnehmer. Was das wohl wieder bedeuten mag?

Der Siegfried neben ihr bringt den Lenker seiner Rikscha

in eine stabile Parkposition und betrachtet neugierig ihren Pony, der frech unter ihrem Häubchen hervorschaut.

»Alle diese Truppen ziehen jetzt mit uns in die Kirche ein?«, fragt Kassandra.

Er nickt. »Aber das werden noch sehr viel mehr. Morgen beginnt ja deren Wallfahrt erst. Das hier ist nur die Vorhut.«

»Vorhaut!«, johlt ein Halbstarker mit schielenden Augen neben ihm. »Du hascht Vorhaut g'sagt!«

»Vorhut hab ich gesagt.« *Ein Engel spannt seinen Bizeps an.*

»Vor*hut*, nicht Vorhaut! Hörst du mich, Tobias? Ich habe nicht Vorhaut gesagt.«

»Jetzt hassch du's ja scho' wiedä g'sagt!«

Der Pilger lächelt.

»Doch, hascht du. Vorhaut! Vorhaut!«

»Sag mal, Tobias, weißt du eigentlich, warum wir hier den ganzen Tag rumspazieren und euch wie Ostereier von einem Ort zum anderen kutschieren?«

»Joa, klar weiß isch des.«

»Ja und? Magst du es uns verraten?«

Aber Tobias will nicht. Wirkt plötzlich schüchtern. Driftet ab. Hüpft von einem Bein auf's andere, fängt an zu hecheln.

»Na gut du, dann hab ich eine andere Idee.« Siegfried lässt nicht so leicht locker. »Du siehst doch die ›Schöne Dame‹ hier. Magst du sie nicht mal fragen, ob sie so nett wäre, ihre Sonnenbrille abzunehmen? Diese Spiegelgläser machen einen ja völlig kirre.«

Oha, denkt Kassandra, will da etwa jemand der schönen Dame in die Augen schauen und spielt über Bande?

Tobias nickt, dreht sich zu ihr und sagt:

»Kannscht ma' die Sonnenbrille abnehme?«

Kassandra lacht, wer könnte da widerstehen.

»Besser?«

Sie schaut die beiden an, und hofft, dass ihre Augen nicht wieder so arg leuchten, aber der Pilger ist offensichtlich entzückt.

Mehr Türkis geht nicht! Das werd ich später den anderen erzählen!

Er räuspert sich. »Und wenn du gerade dabei bist, Tobias – kannst du gleich noch fragen, ob sie ihre Telefonnummer hier eintippen möchte?«

»Telefonnummer doch net.« Der Junge tippt sich an die Stirn. *»WhatsApp!«*

Kassandra lacht, und Siegfried wird tatsächlich rot. Obwohl er auch ein bisschen stolz zu sein scheint, dass er es geschafft hat, die Neue dazu zu bringen, endlich mal diese vermaledeite Sonnenbrille abzusetzen. Kassandra bemerkt, dass ihr ein paar andere Jungs in der Nähe verstohlene Blicke zuwerfen. Aha, denkt sie, ich war eventuell bereits Gesprächsthema.

»Bist du wirklich zum ersten Mal hier?«, fragt er leicht stotterig. »Was hat dich nach Lourdes gebracht?«

Suchst du etwa einen Mann?

Ich suche die Mutter in mir, sagt sie. Nicht.

»Da kommt einiges zusammen«, sagt sie. »Und der Franziskus natürlich.«

Er stutzt.

»Dann war's also der Franzl, der dich hier eingeschleust hat?«

»Ich meine nicht den Franz, unseren Küchenchef, sondern den Papst Franziskus!«

Nicht dass hier Gerüchte entstehen!

»Unser Papst ist eine Lichtgestalt. Einen besseren hätten wir nicht kriegen können.«

Sie streichelt Anke versonnen über die Stirn. Ein Helfer geht rum und verteilt die noch übrig gebliebenen Kniekissen. Kassandra nimmt sich eins. Ihrem Prozessions-Nachbarn wird keins angeboten.

»Was war denn das jetzt? Das ist aber nicht nett. Nur weil du ein Mann bist? Willst du vielleicht meins haben?«

»Passt schon. Ich knie mich eh nicht hin, bin evangelisch.«

»Wie interessant«, sagt sie. »Bist du der Meinung, Protestanten sollten vor der Hostie knien dürfen oder nicht?«

Er schweigt.

»Anders gefragt: Kniest du nicht, weil du Protestant bist, oder kniest du nicht, weil du nicht an die Wandlung glaubst und es deshalb keinen Sinn macht, vor einem toten Ding zu knien?«

Kassandra registriert, dass ihr Gespräch im Umfeld weitere Teilnehmer gefunden hat; wie Fernseh-Reporter, die einem das Mikrofon vor die Nase halten. Sie erweitert den Kreis. Schon äußert sich eine Mitpilgerin, vom Typus her Grundschullehrerin, zum Thema:

»Ich bin ja auch evangelisch, und ich weiß von oberster Stelle: Wir sind hier sehr willkommen! Und ich persönlich knie mich gerne hin, wenn alle knien. Ich finde das schön. Mir gibt das was. Mir soll er ein Kissen geben.«

»Kann ich verstehen«, sagt Kassandra. »Mir auch.«

Siegfried wirkt unzufrieden.

»Hauptsache er gibt dir dann auch ein Kissen!«, knurrt er, »und fragt dich nicht: ›Was?!? Du bist evangelisch??? Was willst du dann hier!?!!‹« Interessant, denkt Kassandra. Siegfried gefällt sich offenbar in der Rolle des Protestanten gleich Bürgerschreck.

»So hat er reagiert? Wie unsympathisch von ihm.«

»So sind sie eben, die Katholiken«, schimpft er leise weiter, »wenn ihnen der Gehorsam mal wieder zu Kopfe gestiegen ist.«

Kassandra lacht. Aber der Siegfried findet das nicht witzig.

»Das ist doch fatal. Es geht zu schnell, eigenes Denken abzutrainieren, um stattdessen Anweisungen von oben auszuführen; und am schnellsten lässt sich Gehorsam durchsetzen, wenn mit Strafe gedroht wird.«

Siegfried legt der Protestantin die Hand auf die Schultern. »Sollte er dir das Kissen irgendwann auch nicht mehr anbieten, dann lass dich davon nicht ärgern. Dann hat er die Botschaft nicht kapiert.«

Aus den Lautsprecherboxen ertönt der Choral. Ave Maria gratia plena, der Herr ist mit dir. Die Protestantin nickt und bekreuzigt sich, was bei Siegfried ein störrisches Kopfschütteln hervorruft. Doch die Prozession beginnt immer noch nicht. Stattdessen stellt sich vor der Gruppe eine Militärkapelle auf. Man hatte sich am Vorabend auf der Hotelterrasse mit den Musikern angefreundet, so ist die Idee entstanden, den Kindern spontan ein Konzert zu geben. Was für eine entzückende Idee, denkt Kassandra. Alle Kinder sind begeistert, die Halbstarken schleichen um die Pistolengürtel herum, und Anke zeigt ihren Honigmund mit Honiglippen. Kassandra schaut auf Björn, der wohlig auf seiner Liege vor sich hin zittert, und kriegt feuchte Augen.

Soldaten-Prozession

Kassandra betrachtet den gemütlich untersetzten Tuba-Spieler in seiner Paradeuniform. Der letzte Ton verklingt. Applaus. Dann verstummen alle auf einen Schlag. Die Prozession beginnt, jetzt aber wirklich.

Eine Abordnung Priester läuft auf den Open-Air-Altar zu. Als sie ihn erreichen, nimmt jeder die ihm zugewiesene Position ein. Sie singen, und als bald darauf die Monstranz erscheint, knien die Priester vorne nieder, und die Pilger tun es ihnen nach. Kassandra wirft einen Blick auf Anke: Der geht es offenbar gut, denn sie zeigt weiterhin ihr Honiglippenlächeln. Kassandra nimmt sich ihr Kissen, kniet sich darauf und hält den Rücken gerade. Zentrum aktivieren, auf den Knien ausbalancieren, den Kopf aufrichten. Ausatmen.

Oder doch mal aufstehen und die Schar von oben betrachten? Wenn doch die Aussicht so gut sein soll? Sie steht auf und lässt ihren Blick schweifen.

Wenn das 'ne Vorhut sein soll, fress ich nen Besen. Der ganze Platz ist doch voller Soldaten!

Fais-nous revenir à toi!

Der Zug setzt sich in Bewegung. Ihr Blick gleitet über die Menge hinauf zur Kirche, die neogotisch verwinkelt vor einem Steinfelsen hinaufstrebt. Die Sonne steht jetzt genau im Zenit oberhalb der drei Turmspitzen, die sich ihr wie Antennen entgegenstrecken. Der Prozessionszug wird diesmal von den Soldaten angeführt. Jeder ihrer Schritte bleibt genau auf der Graden des Vordermanns, auf Linie der Nebenfrau. Nie wird der rechte Winkel verlassen, so marschieren sie grüßend an der gold-bekrönten Marienstatue auf dem Vorplatz vorbei. Kassandra schiebt Ankes Rollstuhl vor sich her und gibt sich Mühe, die Reihe geschlossen zu halten, ohne dabei hektisch zu wirken, sondern feierlich weiterzuschreiten. Als sie an der Marienstatue vorbeikommt, sendet sie ihr ein kussmundiges Emoticon mit rotem Herz, im Gegenzug empfängt sie ein sonderbares Gefühl der Geborgenheit. Sie schaut zu der weißen Statue, deren Krone im Sonnenlicht strahlt. Schaut dahinter auf die übereinandergebauten Basiliken, die zu einer Kirche zusammengefunden haben. Atmet die symmetrische Vollkommenheit der runden Rampenbögen ein, deren Schlussstein eine große, goldene Krone trägt, auf die von oben herab in großer Menge helles Licht fließt – und sie dabei in Flammen setzt. Kassandra muss klimpern. Sie schaut nach vorne, schiebt Ankes Stuhl sicher weiter geradeaus, und dreht sich wieder um. Aber das Feuer brennt weiter.

Da schaut's ja aus wie bei einem Aura-Nimbus, denkt sie. Ein Aura-Sonnenwunder-Nimbus. Ein Sonnenwunder-Nimbus in Karma-Farben. Sie erinnert sich, zuerst kam Gelb, dann Weiß, dann Dunkelblau, Hellblau. Dann wieder Gelb, diesmal kräftiger. Als Nächstes Rosa, dann Weiß und zum Abschluss Orange; das alles in konzentrischen Kreisen fließend. Fünffach gezackt.

Herrje, geht das schon wieder los?

Es kommt mir jetzt wie in Schüben, denkt sie. Immerhin nur noch in Schüben. *Gott soll gar nicht immer da sein. Es reicht vollkommen, wenn er nur manchmal da ist. Denn wenn er da ist, kann der Mensch nicht anders als verwirrt sein.*

Sie zögert.

Sollte ich nicht, statt weiter zu grübeln, dringend mal jemanden darauf hinweisen, dass da drüben die Krone brennt? Dieses lichterlohe *imago* da in den Fokus der Aufmerksamkeit setzen? Weitere Zeugen gewinnen für das stattfindende Sonnenwunder?

Sie stolpert über ihre eigenen Füße.

Warum trau ich mich nicht, auf ein Lumen zu zeigen, damit es jeder sehen kann?

Sie würden mich für verrückt halten. Ich lass es lieber. Ist ja nur Licht.

Kassandra betrachtet also die brennende Krone auf mittlerer Höhe der Basilika ganz für sich alleine. Salutierende Soldaten ziehen an ihr vorbei, wie Zehntausende auf einen Schlag. Sie fragt sich: Werden all diese Soldaten, die hier so liebevoll in Reihen marschieren, bald wieder in den Einsatz gehen? Sie tippt auf: Verteidigungskrieg an Europas Süd- und Ostgrenzen. Das wird's sein, denkt sie. Der hat ja auch schon angefangen. Das Alte Ägypten hatte dasselbe Problem, dass sein Reichtum immer schon zu Überfällen bzw. Verteidigungskriegen geführt hat. Undenkbar schon damals, die Grenzen sand- und wasserdicht zu halten. Ein Schauer läuft ihr über den Rücken, da entzündet sich in ihrem Herzen ein Gebet, es fliegt hinauf zur brennenden Krone, und kreist dann über den Gefilden. Über den Gräben. Flieht über die Grenzen. Hinter die Mauern, die von Schüssen schon brüchig sind und nicht mehr lange halten werden – *Sparta, zähl ich deine Tränen!* –, es kreist über den offenen Gräbern, wo die Toten liegen, die tagelang keiner abholt und keiner dann in ein Massengrab wirft. Aleppo, wo liegen deine Toten? Mossul, wo liegen deine Toten? – sind es nicht schon genug Tote? Überall Tote, überall Sterben, überall Leid, doch die Kriegstreiber lassen nicht nach.[31]

Ein heller Schleier schiebt sich vor Kassandras Gesicht. Ohnmacht für eine Sekunde. Dann sieht sie wieder Licht. Sie schüttelt sich mit den Schultern wach.

Sie muss aufpassen, denn sie nähern sich dem U-Turn am Ende der *Esplanade.* Man winkt ihr zu, dass sie den Abstand zu ihren Nachbarn vergrößern soll. Um sie herum bildet sich ein neuer Ehrgeiz aus, das Manöver in der Kurve mindestens genauso tadellos abzuliefern wie die Truppen vor ihnen.

Die Kranken hinter uns herziehend, folgen wir den Soldaten auf gleicher Spur. Hoffentlich muss man das nur allegorisch verstehen, denkt sie und erschaudert.

31 *Tut Buße, und kehrt um!*

Erscheinung

Die Gruppe läuft in die Mitte der Untergrundkirche und lässt sich vor dem zentral ausgerichteten Altar, gleich neben dem Chor, nieder. Die Glocken erklingen. Direkt auf die Pilger gerichtet zeigt sich ihnen bald darauf das Allerheiligste im Strahlenkranz, getragen auf einer Standarte, begleitet von Weihrauch und Schellen. Die Pilger beten, der Chor singt.

Da lässt eines der Kinder seinen steifen Arm auf die Schulter seines Pilgers kippen und löst ihn damit aus seiner Versenkung. Mit einer nur für Eingeweihte verständlichen Geste zeigt der schwer gelähmte Knabe auf einen der massiven Deckenpfeiler. Der Pilger schaut in die angewiesene Richtung und erstarrt bis in alle Glieder, als er plötzlich an der Kirchendecke das Bildnis seiner verstorbenen Mutter erblickt. Schwebend von Engeln begleitet. *Maria – voll der Gnade.*

Abendgebet

Draußen auf der *Esplanade* versammeln sich Tausende Pilger mit Lampions für die tägliche Lichterprozession. Noch sieht man die Kerzen kaum, aber das Abendgold wird sich senken, und dann wird der gesamte Heilige Bezirk von Kerzenlicht geflutet sein.

Zur gleichen Zeit auf der Kinderstation des *Accueils* hat der vorlaute Basti von der Zugchefin die Erlaubnis errungen, eine Durchsage am Mikro machen zu dürfen. Er steht in der Glaskanzel, dem Epizentrum der Macht, drückt auf den roten Knopf und schaltet damit die Lautsprecher in den Sälen an. Jetzt kann man seine Stimme auf der ganzen Station hören. Er fängt an zu kichern.

»Hört mal zu, liebe Leut: Alle solle jetz zum Abendgebet, joa jetz – alle!«

Im Hintergrund hört man eine Frauenstimme engelsgleich lachen. Dann sagt die Dame:

»Besten Dank, lieber Basti. So, ihr habt es ja gehört. Kommt bitte alle vor die Glaskanzel, das Abendgebet beginnt in fünf Minuten.«

In den nächsten fünf Minuten füllt sich der breite Flur vor der Kanzel mit immer mehr Kindern und ihren Betreuern. Die Kleinen tragen bereits Schlafanzug und rutschfeste Socken und setzen sich auf die Stühle. Manche haben ihr Kuscheltier mitgebracht. Die Gelähmten werden in ihren Rollbetten hineingeschoben. Auch Kassandra hat sich für diese bequemere Lösung entschieden, statt Anke schon wieder in den Rollstuhl zu setzen.

Neben ihr hüpft eine Pilgerin ins Bett ihres Lourdes-Kindes und kuschelt sich zu ihm auf die Decke. Das stumme Kind strahlt übers ganze Gesicht, und Kassandra ertappt sich bei dem Gedanken, dass es doch unbegreiflich ist, dass jemand mit einem derart dysfunktionalen Körper so glücklich sein kann; als wäre Glücklichsein etwas, das einem nur zusteht, wenn man unversehrt, klug und schön ist.

Sie setzt sich ans Fußende von Ankes Bett, während Liederbücher, Rasseln und Triangeln an die Gruppe verteilt werden. Anke scheint unzufrieden mit ihrer Position zu sein, denn sie rutscht aufgeregt im Bett hin und her. Kassandra versucht, sie für die Rassel zu begeistern, aber die kann sie nur kurz ablenken, dann fängt sie wieder an, sich von einer Seite zur anderen zu werfen. Was hat sie denn?, denkt Kassandra. Warum ist sie plötzlich so unrund?

Dann hat Anke es geschafft, sich einmal um 180 Grad zu drehen, und legt ihren Kopf in Kassandras Schoß. Kassandra kommen vor Rührung fast die Tränen.

Wenn ich noch ein bisschen nach hinten rutsche, würde sie bequemer liegen, denkt sie. Sie stützt Ankes Kopf mit den Händen, hofft, dass es ihr durch die Bewegung nicht ungemütlich wird, und lehnt den Oberkörper langsam nach hinten. Das Manöver gelingt, Anke hat verstanden, was Kassandra vorhat, denn nun legt sie ihren Kopf auf ihren Bauch und wird ihn während des ganzen Abendgebets nicht mehr wegbewegen, während Kassandra ihr die Haare streichelt.

Priester Kurt stellt sich in die Mitte der Stuhl- und Bettenrunde und holt seine Handpuppe hervor.

»Hallo Kinder! Ich bin's wieder, der Esel! Kennt ihr mich noch?«

»Ich!!«, schreit ein Junge.

»Du? Oh ja – dich kenn ich ja auch – na klar! Du bist doch der ...« – Kurt geht näher an den Jungen ran, liest den Namen vom Namensschild ab – »... der Oliver, ja sicher! Wie schön, dass wir uns wiedersehen!«

Olli ist es offensichtlich egal, dass Priester Kurt gerade geschummelt hat und seinen Namen gar nicht wirklich erinnert. Olli liebt den Esel und wird sich noch monatelang an ihn erinnern und seinen Heimbetreuern von ihm erzählen.

»Liebe Kinder, mir fällt gerade was Tolles ein«, sagt der Esel, »wisst ihr noch, als wir gestern Abend bei der Lichterprozession waren?«

»Ja! Ja!«

»Kerze?«, fragt ein Kind.

Der Esel beantwortet offensichtlich auch spontane Zwischenfragen, denn er sagt: »Genau das mein ich! Als es draußen dunkel war und wir die Kerzen in den schönen Lampions angesteckt haben. Da haben wir auch unser Lourdes-Lied gesungen, wisst ihr noch, welches das ist?«

»Ave!«

»Ave ave ave?«

»Genau, los geht's!!«

Die drei Gitarren fangen einigermaßen gleichzeitig an zu spielen. Basti schlägt hingebungsvoll die Saiten an und ist offensichtlich stolz, dass er in der Band der erwachsenen Männer mitspielen darf. Das Team steuert den Gesang bei. Viele Kinder kennen das Lied aus den Kindermessen und summen vorsichtig mit. Soweit sie den Text können, singen sie auch, aber textsicher sind sie nur beim Ave ave ave Maria, dann singen sie unfassbar laut. Zwei Jungs hören auch dann nicht auf, Ave Ave zu krakeelen, als das Lied längst vorbei ist. Dadurch entsteht eine Stimmung wie bei einer Grundschulklasse, die aus dem Ruder zu laufen droht. Immerhin, Priester Kurt kriegt die Situation wieder in den Griff; er kennt seine Pappenheimer. Und der Esel kennt seine Pappenheimer erst recht.

»Denkt ihr, ich bin taub? Seht ihr nicht, was ich für lange Ohren habe?«, sagt er mit verstellter Stimme.

»Hallo Esel«, ruft einer der Jungen. Kassandra schaut ihn voller Erstaunen an, weil der, der da so kindlich *Hallo Esel* ruft und sich dann weiter mit der Stoffpuppe unterhält, die Physiognomie eines Rugby-Spielers hat. Er schaut jetzt schon aus wie ein ganzer Mann, denkt Kassandra, und wird im Kopf immer ein Kind bleiben. Seine Kinderwelt wird für ihn immer vollständig vorhanden bleiben, bis ans Ende seines Lebens: *Hallo Esel*.

Währenddessen hat Priester Kurt die Aufmerksamkeit aller Kinder zurückgewonnen, und der Esel erklärt ihnen in einfachen Worten, was an und für sich das Prinzip der Barmherzigkeit ist. Bald schon hören selbst die halbstarken Buben aufmerksam zu, denn so hat ihnen noch nie jemand dieses schwere Wort erklärt, und erst recht kein Esel.

Dann singen sie wieder: Wenn Menschen sich vergessen / der Liebe begegnen / und neu beginnen – ganz neu! / Dann begegnen sich Himmel und Erde unter uns. Kassandra beobachtet, wie eine Mitpilgerin, die in ihrem Alter sein dürfte, langsam die Fassung verliert. Sie lagert auf einem großen Sitzkissen und hält ihr Pflegekind locker im Arm. Der Körper des Mädchens ist schmächtig und schmal und scheint keine andere Form annehmen zu können als ein schiefes Z. Der Kopf hängt schlaff zur Seite und lehnt sich an der Schulter an. Kassandra beobachtet, wie sich die Gesichtszüge ihrer Teamkollegin langsam verändern, scheinbar starr werden, der Blick sich auf eine unsichtbare Ferne richtet, und dann, Kassandra hat es kommen sehen, fließen ihr die Tränen sturzbachartig über beide Wangen, als gäbe es ein Rennen zu gewinnen. Fanni, die die Szene ebenfalls beobachtet hat, will ihr ein Taschentuch reichen, aber sie hat keine Hand frei, weil sie ja ihr Kind im Arm hält. Also wischt Fanni ihr liebevoll die Tränen ab und putzt ihr sogar noch die Nase.

In manchen Momenten sind wir wieder die Kinder, denkt Kassandra gerührt. Und brauchen selber jemanden, der sich um uns kümmert und uns die Hand reicht. Ist das etwa das Geheimnis von Lourdes?

Draußen auf der *Esplanade* hat sich derweil die Prozession in Gang gesetzt, die diesmal nicht in die Untergrundkirche einziehen wird, sondern vors Hauptportal der Kirche. Durch die Lautsprecher ertönt eine Stimme über den ganzen Heiligen Bezirk und verkündet den Pilgern:

»Viertes lichtreiches Geheimnis des Glaubens: Und während er betete, veränderte sich das Aussehen seines Gesichtes, und sein Gewand wurde leuchtend weiß.«

Danach erheben sich Tausende Stimmen für das Große Lourdes-Lied, ein dreifaches *Ave*, das so leicht zu singen ist, dass selbst ein Kind es sich merken kann.

Auf der Station bleibt Kassandra auch dann noch unter Ankes Kopf liegen, als alles um sie herum in Bewegung kommt, um die Kinder ins Bett zu bringen. Ich wünsche mir …, denkt sie – und da sagt auch schon ein hilfreicher Mitpilger: »Na ihr zwei, was haltet ihr davon, wenn ich euch so, wie ihr seid, zurück in euren Saal schiebe? Dann braucht ihr jetzt nicht extra aufstehen.«

Es hat gewirkt!, denkt Kassandra. *Magic*.

»Das würdest du für uns tun?«, sagt sie, »das wäre ja ultrabequem. Wie findest du das, Anke? Dann fahre ich jetzt mit dir zusammen im Bett über die Station.«

»Luschtig!!!«, ruft einer der Jungs und hängt sich vorne ans Gestell, das dadurch Fahrt aufnimmt. Rasch zieht Kassandra die Füße hoch, damit sie sich nicht an einer Ecke stößt. Währenddessen gluckst Anke vor sich hin und findet das Tohuwabohu um sie herum offensichtlich großartig. Mit Tara und *high five* zu allen Seiten fahren sie in Saal Blau ein, stellen das Bett auf seinen Platz und fixieren die Rollen. »So, angekommen und erfolgreich geparkt«, sagt ihr Helfer und schaut dann seinen eigenen Schützling, den wilden Tobias, an.

»Jetzt müssen wir aber leider selber ins Bett gehen, gell Tobi«, sagt er.

»I mog noch gudde Nacht sage.«

»Wem jetzt?«

»Ai, der Anke. Darf ich des?«

»Ach, ihr kennt euch? Ja natürlich darfst du ihr gute Nacht sagen.«

»Mir sin mancher mal zusamme auf Gruppe.«

Er läuft zum Kopfende und gibt Anke einen Gutenachtkuss auf die Wange. »Träum was Schönes!«

Kassandra schaut den beiden hinterher, als sie den Saal verlassen, und wird melancholisch.

»Das ist übrigens das letzte Mal, dass wir uns hier in Lourdes Gute Nacht sagen«, sagt sie zu Anke. »Morgen sind wir dann schon im Zug. Und der Zug fährt die ganze Nacht weiter, auch während wir schlafen. Genau wie beim letzten Mal.«

Sie legt noch eine Notfall-Windel auf den Stuhl für die Nachtwache und betrachtet die gepackten Koffer.

»Im Abteilgepäck fehlt eigentlich nur noch der Waschbeutel, der große Koffer ist schon zu. So werden wir es auf jeden Fall schaffen, vor dem Anziehen noch zu duschen – wow, bin ich müde.«

Sie ruckelt Ankes Decke zurecht und schiebt ihr eine Kissenwurst zwischen die Kniescheiben und eine hinter den Rücken. Um sie herum ist jede Pilgerin mit ihrem Kind beschäftigt, langsam kehrt Ruhe ein.

Kassandra gibt Anke einen Kuss auf die Stirn und sagt:

»Zum Abschied und als Erinnerung an Lourdes hat unsere Saalschwester ein Geschenk für dich, das ich dir hiermit überreichen möchte.«

Sie drückt ihr eine fingergroße Madonnenplastik in die Hand, die Anke sofort umkrallt und sich dann plötzlich in den Mund schiebt.

»Nee nee nee, die Maria kann man nicht essen und auch nicht auf ihr rumkauen.« Kassandra fischt sie aus Ankes Mund. »Ein Bussi kannst du ihr natürlich geben. Da schau an, wie herzig, du willst ihr noch eins geben? Komm, und jetzt stellen wir sie hier drüben auf den Nachttisch. Da kannst du sie vom Bett aus gut sehen und sie dich. Einverstanden?«

Wie auf Kommando löscht die Saalschwesterx das Licht. Nun leuchtet die Figur in phosphoreszierendem Gelb wie eine kleine Elfe.

Lichterprozession II

Die lila Wolken am Himmel werden im Minutentakt schwärzer, und wo das Dunkel der Nacht bereits regiert, glänzen die ersten Sterne. Die Pilgergruppe hat sich im Hinterhof des *Accueils* zur Abschluss-Ansprache versammelt. An diesem Abend dauert alles noch ein bisschen länger als sonst, weil alle Infos für die morgige Abfahrt angesagt werden müssen. Kassandra setzt sich auf eine der Bierbänke zwischen die anderen und fühlt sich plötzlich so erschöpft, dass sie kaum zuhören kann.

Danach brechen sie gemeinsam auf, um in losen Gruppen zurück zum Hotel zu gehen. Sie überqueren die kleinere der beiden Gave-Brücken und geraten am Rande der *Esplanade* in ein dichtes Getümmel aus Pilgern und Prozessionstouristen. Hinter einer Absperrung sieht Kassandra eine andächtig einherschreitende Menge mit von Kerzen erleuchteten Lampions. Die Pilger beten gerade ein Ave-Maria auf Spanisch. Plötzlich drängen die Menschen dichter zusammen, *was ist denn jetzt los?*, doch da sieht sie selbst die weiß leuchtende Marienstatue, die wie auf einer Sänfte den Prozessionsweg entlang getragen wird. Viele um sie herum beten lächelnd und brechen dann in Tränen aus.

Nicht weit von Kassandra entfernt diskutiert Magdalena mit einem der Aufseher; offensichtlich überredet sie ihn gerade, dass ihre Gruppe ausnahmsweise die Prozession durchqueren darf und nicht das Ende abwarten muss. Alle sind müde und wollen heim. »Vite, vite!«, ruft der Aufseher schließlich, teilt kurz die Menschenschlange, um die Gruppe durchzulassen. Kassandra zögert. Das geht mir gerade alles viel zu schnell, denkt sie und bleibt stehen. *Darf ich mich von der Gruppe absetzen?* Kurz ist sie verunsichert. *Muss ich meiner Saalschwester Bescheid sagen?*

Sei kein Schaf!, denkt sie. Natürlich darf ich das. Es gibt jetzt schließlich nichts mehr zu tun. Und da hat sich der Durchgang auch schon wieder geschlossen wie eine Pforte, und der Bezirksaufseher schaut nicht so aus, als würde er sie noch einmal für sie öffnen.

Kassandra blickt sich um. Wohin jetzt? Sie könnte den Weg über die Rundbögen nehmen, die am Eingang der Oberen Basilika entlangführen, so kommt man auch auf der anderen Seite des Heiligen Bezirks an.

Was heute wie ein Kirchengebäude erscheint, weiß Kassandra, ist erst nacheinander entstanden.[32] Aus der Kapelle wurde eine Basilika, und als die dem immer größer werdenden Andrang nicht gewachsen war, baute man eine weitere Kirche obendrauf. Heute macht diese »Basilika zur Unbefleckten Empfängnis« mit ihren drei Türmen den Gesamteindruck des Gebäudes aus.

Das muss ein schöner Ausblick sein, denkt sie. Von da aus kann man über die ganze Lichterprozession schauen. Warum sind wir nicht mit der ganzen Gruppe hier lang gegangen, statt diese Hektik zu verbreiten? Das wäre doch für alle ein krönender Abschluss gewesen.

Kassandra läuft den Weg zur Oberen Basilika hinauf, vorbei an monochromen Sockelstatuen, deren pathetischer

32 »Gehen Sie und sagen Sie den Priestern, man soll in Prozessionen hierherkommen und hier eine Kapelle bauen«, hat die Schöne Dame gesagt.

Ausdruck sie an die Piazza della Signoria in Florenz erinnert. An der Balustrade drängen sich die Besucher, alle versuchen, einen guten Blick zu ergattern. Die vorderste Reihe ist dicht besetzt, zufällig findet Kassandra trotzdem eine Lücke. Jetzt hat sie einen Panoramablick über die gesamte Prozession. Sie blickt auf ein wahres Lichtermeer.

Unten drängen immer weitere Prozessionsteilnehmer auf den Vorplatz der Kirche. Sie singen wieder das Große Lourdes-Lied – »Das Mägdlein vernimmt // Ein Zeichen der Gnade, von oben bestimmt« – und beim *Ave Ave Ave Maria* strecken die Menschen die Lampions in die Höhe, was ausschaut wie ein riesiger, fliegender Teppich aus Glühlampen. Kassandra blickt gegenüber auf die zentrale, mit Gold gekrönte Marienstatue, die aus dem wogenden Lichterteppich herausragt, als würde sie auf ihm stehen. Gegrüßet seist du Maria, denkt Kassandra. Wir beide kennen uns doch noch von heute Morgen!

Plötzlich poppt aus dunkler Ferne, vom hinteren Ende der *Esplanade*, ein weiterer Lichtpunkt in Kassandras Sehfläche auf. Sie kneift die Augen zusammen, um besser erkennen zu können, doch es ist nicht mehr als ein glimmender, verschwommener Punkt, der sich langsam auf sie zubewegt. Er scheint das Rondell hinter sich gelassen zu haben und nähert sich nun dem Vorplatz, als würde er ihr entgegenschweben. Näher kommt das Leuchten, bald versteht sie: Es ist die angestrahlte Gottesmutter, die von acht Männern zum Altar getragen wird, der sich direkt zu ihren Füßen vor dem Portal der Unteren Basilika befindet.

Jetzt check ich's, denkt sie. Die spielen hier generalstabsmäßig eine Marienepiphanie nach. Genau wie damals die Artemis in Magnesia! Sie kann nicht mehr aufhören, das schwebende Licht anzustarren, aus dem immer deutlicher eine Maria wird. Sie spürt nicht, dass ihr allmählich das Zeitgefühl abhandenkommt.

Natürlich ist mir in Lourdes die Maria erschienen, denkt sie, was ist denn das für eine Frage? Wie könnte man in Lourdes NICHT der Maria begegnen? *She is all around me, inside and in front of me.* Sie lächelt.

Sie dreht den Kopf nach rechts und entdeckt schräg über sich die große, goldene Kuppel der Unteren Basilika, aus deren Mitte ein goldenes Kreuz emporragt. Hey, genau an der Stelle hab ich doch die brennende Krone gesehen! Das war also nicht mehr als die Lichtreflexion eines architektonischen Elements? Sie schmunzelt. Oder doch das *Lumen?*

Um sie herum haben die Gesänge aufgehört, nun wird es gespenstisch still. Da beginnt ein Priester durch Lautsprecher verstärkt zu sprechen: *»Fünftes lichtreiches Geheimnis des Glaubens: Der zwölfjährige Jesus wurde von Maria und Josef nach drei Tagen im Tempel wiedergefunden. Jesus sagt zu ihnen: Wusstet ihr nicht, dass ich in dem sein muss, was meinem Vater gehört?«*

Wenn man es so nimmt, haben wir auch gerade drei Tage in einem Tempel verbracht, denkt sie.

Sie steht noch eine Weile da, als die Prozession schon zu Ende gegangen ist, und lässt die imaginierten Kugeln eines Rosenkranzes durch ihre Finger gleiten. Dann sieht sie, wie zahlreiche Pilger aus den Reihen nach vorne stürmen, um die Marienstatue zu berühren. Du liebe Güte, denkt sie, die einzige Illuminierte bin ich hier jedenfalls nicht. Sie lächelt. *Hätte ich heut Nachmittag jemandem erzählt, dass ich die Krone brennen sehe, hätte man mich deswegen sicher nicht verhaftet.*

Rückfahrt

Sie sind seit Stunden gemütlich unterwegs und fahren nun an der südfranzösischen Küste entlang. Draußen strahlt die Sonne auf die gezinkten Dächer und gelben Sandstein, dahinter beginnt das Mittelmeer. Kassandra hält ein Bilderbuch in der Hand und schlägt eine Seite um. Anke hat ihren Kopf in Kassandras Schoß gelegt. Neben ihnen sitzt der wilde Tobias und lässt sich von Kassandra eine Geschichte vorlesen. Es gab ein Kinderbuch im Spielerucksack, es handelt von der Bernadette, natürlich.

»Nur die Bernadette hat sie gesehen?«, fragt Tobias.

»Nur die Bernadette«, sagt Kassandra.

»Die andern Leut' net?«

»Die anderen Leut' net.«

Kassandra betrachtet die Bilderbuchseite. Im Vordergrund kniet ein Aschenputtel ähnliches Mädchen zwischen einem Schaf und einem Hausschwein vor einem Felsbrocken, über dem eine Gottesmutter im Strahlenkranz schwebt. Im Mittelgrund des Bildes hat sich eine Menge versammelt: Einwohner des Dorfes mit Mistgabeln und Besen. Der Eingang der Grotte wird von Gendarmen bewacht. Zugang hat hier nur noch, wer sich ausweisen kann und ruhig in der Reihe wartet. Um die Gendarmen herum knien Menschen, ganz vorne sind es ausschließlich Frauen. Sie halten die Hände gefaltet vor der Brust. Ihre Gesichter sind in verzückter Andacht zum Halten gekommen. Im hinteren Teil der Menschenmenge ist eine Barockkutsche vorgefahren. Auf den Flügeltüren prangen goldene Wappen mit bourbonischen Lilien. Kassandra tippt mit dem Finger auf die Buchseite:

»Schau mal – da kommt einer von den Hohen Häusern, damals schon!«

Sie lacht, aber Tobias interessiert sich nicht für den Hochadel, sondern für Katharina, seine Sitznachbarin. Die ist über den Finger in der Nase allerdings wenig erfreut, schon gibt's Geschrei. Der Finger muss wieder raus aus der Nase und Katharina zurück in ihre Anfangslage gerückt werden, mit dem Becken nach hinten ran an die Rückenlehne, damit sie gerade sitzen kann.

»Warum hat nur Bernadette die Maria gesehen?« Das scheint Tobias wirklich zu beschäftigen. Zu Recht.

»Weil sie heilig ist, sagt die Kirche.«

»Quatsch! Alles Quatsch hier!«, brüllt der hyperaktive Basti ins Abteil rein und schlägt die Tür wieder zu. Dann reißt er sie wieder auf.

»Alles Quatsch hier!«

»Was ist Quatsch?«, fragt Kassandra.

»Es gibt kein Ravioli, sondern Gulasch. Alles nur Quatsch, Quatsch, Quatsch.«

Plötzlich schwingt er sich wie ein Affe durchs Sechser-Abteil.

»Ey, mal langsam hier!«

Er baumelt weiter, schaut sie fragend an, bleibt dabei stumm. Er sieht aus wie Pippi Langstrumpf als Junge, denkt sie.

»Wenn du hier im Abteil sein möchtest, dann wird sich hingesetzt«, sagt sie streng. Zu ihrem eigenen Erstaunen lässt Basti sich darauf ein und setzt sich neben Tobias.

»Was habt da?«, fragt Basti.

»Das ist ein Buch.«

»Zeig mal her!«

»Und dann hat Bernadette das Licht gesehen … und das Licht wurde größer, *bo-oo-ooom*, und immer größer, und dann hat sie gesehen, dass das Licht eine Figur ist und dass die Figur die Immaculata Conceptio ist.«

Basti schießt mit einer imaginierten Pistole in die Luft, *boom boom boom*. »Die was?«

»Die Immaculata Conceptio. Das ist ein lateinischer Name für die Muttergottes.«

Er versucht, die beiden Wörter auszusprechen, was ihm einige Schwierigkeiten bereitet. Also denkt sich Kassandra eine Melodie aus, die so ähnlich klingt wie das Hakuna-Matata-Lied aus dem Disney-Film »König der Löwen«; jetzt kann er sich den Begriff merken. Er springt ihr auf den Schoß und drückt ihr einen Kuss auf die Wange.

So können echt nur Kinder küssen, denkt sie und glüht. Basti greift nach dem Buch, gewinnt den Kampf gegen Tobias, und schüttelt es.

»Aber wie ist sie dahin gekommen, die Maria?«, ruft Basti. Er schaut sie an und seine blau-grüne Iris strahlt hell und ist seltsam gelb gesprenkelt.

»Das ist eine sehr gute Frage«, sagt Kassandra. »Das kann ich dir gar nicht so leicht beantworten.«

»Ich aber.«

Er streckt seinen Zeigefinger weit nach oben:

»Das war das Raumschiff! Das Raumschiff hat sie dort abgesetzt.«

»Ein Raumschiff hat die Maria auf dem Rosenstrauch in der Grotte abgesetzt, genau in dem Moment, als die Bernadette zufällig vorbeikam?«

Basti nickt.

»Isso. Ein Raumschiff war's, was sonst.«

Sie lacht.

»Reptiloide sind natürlich immer eine Alternative. *Reptile in disguise.*«

Basti schaut sie rätselnd an, dann sagt er:

»Ich kann auch Englisch. *One, two, three.*«

Er kann Englisch, denkt sie. Was bitte soll an diesem Jungen behindert sein?

Ihre Saalschwesterx öffnet die Abteiltür.

»Ich übernehm hier mal, du wirst bei der Frischlingsbesprechung gebraucht.«

»Was ist denn das schon wieder?«

»Es geht um den Frischlingsscherz! Am letzten Abend im Zug müssen die Frischlinge eine Aufführung vorm Team machen, meistens ist es ein Lied.«

»Aha! Und wo treffen die sich?«

»Du wirst sie schon finden. So viele Möglichkeiten gibt es hier im Zug ja nicht. Wahrscheinlich in einem der Teamabteile.«

Nach einer schon professionell wirkenden Übergabe von Ankes Pflege- und Gemütsstatus an ihre Saalschwesterx macht Kassandra sich auf die Suche nach den anderen Frischlingen. Auf dem Gang herrscht wie immer dichter Verkehr, man muss sich beim Vorbeischieben zwischen Po- oder Busenseite entscheiden. Es geht langsam voran. Plötzlich spürt sie, wie jemand sie kurz am Rücken krault, sich danach aber nicht zu erkennen gibt. Oki kann es nicht gewesen sein.

Wäre das jetzt schon ein Übergriff, wenn man's genau nimmt, Frau Kommissarin?

So oft wie möglich wirft sie einen Blick in die Abteile.

Team und Kinder missbrauchen einander als Kissen und Decke, überall wird gekuschelt, geschmust. Herzzerreißend, denkt sie. In einem Abteil sieht sie sogar den Zugchef mit hochgelegten Beinen. Zwei Kinder hält er im Arm, ein drittes darf ihm durch die Haare wuscheln.

Frischlingsbesprechung

So viele Frischlinge, denkt Kassandra erstaunt und schiebt sich ins Abteil, in das sich an die zwanzig Personen hineingequetscht haben, sie sitzen und liegen übereinander, untereinander, wie Welpen im Hundekorb. Am Fenster steht ein Pilger und schlägt Akkorde auf seiner Gitarre an. Kassandra schiebt sich in die scheinbar letzte freie Lücke auf der mittleren Liege. Die Diskussion ist bereits im vollen Gang.

»Gut, dass du kommst«, sagt eine junge Frau, deren Wangen vor Aufregung rosig glühen. Sie ist Kassandra bisher gar nicht aufgefallen, wirkt aber nett und aufgeweckt. »Wolf hat da auch schon was vorbereitet.«

»WIR haben da schon was vorbereitet!«, sagt Wolf.

Klingt, als müsse man sich auf was gefasst machen, denkt Kassandra. Und tatsächlich: Wolf, Sänger und Gitarrist, begleitet von begeisterten Background-Stimmen, fängt wie ein echter Singersongwriter an zu singen. Der Text lässt kein gutes Haar an der Zugleitung, und Magdalena kriegt es ganz besonders würzig aufs Brot geschmiert.

Kassandra ist baff. So viel Protestwillen hätte sie dem Nachwuchs eines katholischen Ordens nicht zugetraut. Wolf klatscht mit den anderen *high five* ein. Die Kerntruppe freut sich über das freche Lied. Andere äußern Bedenken. Man einigt sich, dass die letzte Strophe unter die Gürtellinie geht, aber der Rest des Textes bleibt stehen. Den Rest werden alle zusammen vortragen, aus vollen Kehlen und mit strammer Brust, *marchez – marchez!*

»Wolf, du machst deinem Namen ja alle Ehre!«, staunt Kassandra.

Er lacht, aber sie hat nicht das Gefühl, dass er die Anspielung verstanden hat.

»Na, wegen Wolf Biermann jetzt«, erklärt sie ihren Witz und fühlt sich blöd dabei.

Keine Reaktion.

»Der ostdeutsche Protestsänger aus den Siebzigern? Meine Mutter hatte immer eine Biermann-Kassette im Auto.«

Keiner hier scheint Wolf Biermann zu kennen.

Erstaunlich, denkt Kassandra, der kommt in dieser sozialen Prägung gar nicht vor!

»Ich finde das Lied schon mal großartig«, sagt sie schnell, um etwas Konstruktives zu sagen. »Aber etwas fehlt noch. Es bringt ja nichts, dem Gegner nur Anklagen entgegenzuschleudern. Herrschaftskritik sollte man möglichst effektiv gestalten.«

Die Formulierung »Herrschaftskritik« sorgt unter den S. H. I. H. s[33] für Gelächter. Auch Kassandra muss schmunzeln. *Jaja, stimmt schon.*

»Ich komme ja aus Berlin, und in Berlin protestieren wir ständig, wie ihr wisst. Und wenn wir eine Protestaktion starten, haben wir immer auch einen guten Scherz dabei. Wir wollen schließlich nicht die Macht übernehmen, sondern wollen, dass die Mächtigen dieses oder jenes für uns ausführen. Man braucht etwas, das den Druck rausnimmt.

33 Seine Hochwohlgeboren. Ihre Hochwohlgeborene.

Man darf nicht gehässig rüberkommen, das muss konstruktiv wirken.«

»Was macht ›ihr in Berlin‹ den ganzen Tag?«

»Protestieren. Oder was meinst du jetzt?«

»Ahhh! Du hast ›prozessieren‹ gesagt.«

Erwischt, denkt Kassandra.

Sie singen noch mal alle Strophen, wieder viel Gejubel und Gelächter, aber ganz zufrieden ist Kassandra noch nicht. *Wir brauchen einen Scherz! Und ich habe da eine Idee.*

»Hört mal zu«, sagt sie. Und dann erzählt sie von ihrem Einfall.

Die anderen finden das super. Beim nächsten Bahnhof wird einer das Zeug besorgen. Bis dahin feilen sie weiter an den Strophen.

Jede Führungsposition kommt einmal vor, jede*r kriegt ihr/sein Fett ab, mal hart, mal zart, und dann wieder *Weine nicht, wenn der Segen fällt.*

Die Frischlinge verteilen sich im Zug und gehen zurück zu ihren Kindern ins Abteil oder in die Küche, wo ein aufwändiges Büfett für den Abschlussabend vorbereitet wird: Melone mit Parmaschinken, eine fünf Kilo schwere Paté, Avocado und frisches Baguette.

Beim nächsten Halt herrscht unter den Frischlingen dringender Nachrichtenbedarf.

»Haben wir das Zeug gekriegt?«

»Nein, dummerweise nicht.«

»Mist. Und jetzt?«

Die Kerntruppe, zu der jetzt auch Kassandra gehört, trifft sich in einem Teamabteil, um die Lage zu besprechen.

»Wir sollten den Lokführer fragen«, sagt ein Frischling

namens Charly, »an welchen Bahnhöfen wir noch halten und wie lange. Und vorher googeln wir, ob es dort eine Einkaufspassage gibt mit Drogerie.« Ich hätte nicht vermutet, dass er ein Frischling ist, denkt Kassandra. In Lourdes hatte ihn scheinbar jeder gekannt, sogar die lieben Tanten. Er hat eine kompakt-muskulöse Statur, ist braun gebrannt, und seine grünbraunen Augen leuchten, als hätte jemand dahinter einen Scheinwerfer angemacht. Plötzlich schießt ein spitzer Blick aus seiner Iris. Er suhlt sich in ihr, sie suhlt sich in ihm. Sympathischer Typ. Er klatscht aufgeregt in die Hände.

»So eine aufgemotzte Drogerie voller Massenkitsch. Genau das brauchen wir jetzt. Kinder, wir müssen zu Douglas!«

Herrschaftskritik

Es ist Abend geworden, das ganze Team drängelt in den Speisewaggon und stürzt sich begeistert auf das liebevoll angerichtete Buffet. Die Stimmung ist ausgelassen, fast ein bisschen überdreht, alle haben noch Lourdes in den Knochen, sind mit dem Kopf noch halb da.

Als später die meisten mit dem Essen fertig sind und sich in gemütlichen Runden zusammengefunden haben, schaltet Kassandra die Musikanlage und die Diskolampen an. Jetzt hält Gabriel eine kurze charmante Rede, in der er dem ganzen Team aus vollem Herzen dankt: »Ihr habt einen großartigen Einsatz gezeigt!«

Danach übergibt er wie ein geübter Toastmaster die Bühne an die Frischlinge, die sich vorm Tresen aufstellen. Auf ein Stichwort ziehen alle ihre Häubchen und Baretts ab, und da schau an: Darunter sind die Haare in Colovista-Farben angesprayt, in Mermaid-blue oder grell leuchtendem Dirtypink. Zwei Männer, auf deren Köpfen kaum noch Haare übrig waren, hatten die Idee, sich stattdessen wie die Techno-Mutter Marusha die Augenbrauen zu färben. *Well done,* allgemeines Gejubel.

Alle freuen sich über den Teamgeist, der da zwischen den Frischlingen herrscht. Jetzt ist man gespannt auf das Lied. Sie singen die erste Strophe. Das Publikum wird still. Die Frischlinge singen die zweite Strophe. Besorgte Blicke huschen durch den Raum, hier und da sieht man ein schockiertes Gesicht. Ein Theatermacher wäre von dem Publikum begeistert, denkt Kassandra, da tut sich ja noch was.

Es geht strophenweise voran, der Gruppenhierarchie folgend von unten nach oben. Der Ton wird schärfer, die Kritik lauter. Kassandra tut die Zugchefin leid. Gleich ist sie an der Reihe, gerade ziehen sie noch Gabriel die Lederhosen aus.

Gott sei Dank haben wir noch die bunten Haare, denkt Kassandra. Das fängt die Sache etwas auf. Das soll doch jetzt alles gar nicht so hart rüberkommen, wie es klingt! Immerhin stellt Magdalena jedes Jahr eine Pilgerfahrt für behinderte Kinder auf die Beine.

Interessanterweise schaut die Zugchefin aber gar nicht so aus, als müsse sie einem leidtun, weil ihr gerade die gesamte Neupilgerschaft ins Gesicht schleudert, wie unzufrieden man mit ihrem Führungsstil ist. Sie lässt sich gar nichts anmerken, lacht sogar überschwänglich bei jeder Pointe, und tut das Ganze ab, als wäre es nicht mehr als eine ausschweifende Trauzeugen-Performance. Moment mal: Völlig unberührt sollte sie hier aber auch nicht rausgehen! Was für ein krasses Pokerface sie doch hat. Aber für die Würde, mit der sie den Rückschlag aushält – erst mal Respekt!

Später stehen sie in einer Gruppe beisammen, Fanni, Kassandra, Oki und noch zwei andere der üblichen Verdächtigen. Und Silberfuchs Georgie kommt auch noch dazu.

»Mit dem Lied habt ihr echt den Vogel abgeschossen«, sagt Georgie und stützt seinen Arm auf dem Tresen ab. Mit dem anderen greift er nach dem ehemals hellblonden, jetzt silbern-lila glänzenden Pferdeschwanz einer seiner Großnichten und zieht daran wie an einer Glocke.

»Kriegt man das überhaupt wieder raus? Oder bleibt das jetzt so?«

Die Großnichte lacht. Laut. Fröhlich. Natürlich. Hat einen frechen Spruch auf den Lippen.

»Du wirst deiner Mutter immer ähnlicher.«

»Werd ich ihr ausrichten.«

Georgie macht eine entsprechende Handbewegung vor seiner Stirn und sagt: »Jetzt schaut ihr alle aus wie durchgeknallte Ostereier. Gefällt mir, bravo!«

Sie stehen am DJ-Pult, die Party läuft. Oki zwirbelt eine Haarsträhne aus ihrem Häubchen und hält sie sich an die Lippen. Kassandra schaut verliebt in die Menge.

»Tolle Gruppe!«, ruft sie. »Hier sind echt spannende Leute dabei. Das ist mir schon auf der Hinfahrt aufgefallen und dann in Lourdes erst recht. Alle sind hier achtsam miteinander umgegangen, beginnen einander zu vertrauen, tauschen Geheimnisse[34], als wäre das nichts. Dieses bonding – ist doch fast wie mit …«

Oki weiß mit was.

Madonna mia

Sie lächeln sich an.

Dann dreht sie ihren Zeigefinger vor ihrer Stirn wie einen Mixer.

»Gott sei Dank warst du da, Oki!«

»Ach komm, keine Panik. Dich hat eben das Lourdes-Syndrom erwischt.«

Kassandra schaut ihn an.

»Ist das ein feststehender Begriff? So wie Jerusalem-Syndrom?«

»Noch nicht«, sagt er schmunzelnd.

»Lourdes-Syndrom? Schöne Diagnose! Klingt viel besser als Psychose. Die nehm ich.«

---

34 Ihren Schmerz.

»Kannst es auch Lourdes-Fieber nennen. Das ist völlig okay. Das kommt vor. Da bist du nicht die Einzige hier.«

»All diese Spontanentladungen! So viele Umarmungen. Da bleibt einem ja das Herz offen stehen.«

»Deshalb kommen wir ja her.«

»Für den *mystic overload*? Geht es allen so wie mir?«

Er gibt ihr einen Kuss.

»Nein, nur den Besten.«

Charly stellt sich vor sie und strahlt. Er ist wild herumgesprungen und ganz verschwitzt vom Tanzen.

»Ein echtes Lourdes-Pärchen!«, sagt er, »dass ich das endlich wieder erleben darf. Was soll ich sagen: Ihr macht mich glücklich. Ihr schaut so verliebt beide aus.«

Kassandra und Oki lachen beschämt und nippen an ihrer Vi-Qua-Schorle aus der Flasche.

»Ihr macht mich ganz neidisch!«, ruft Charly und holt sein Smartphone aus der Tasche.

»Tinderst du jetzt?«, fragt Kassandra und schaut auf seinen Bildschirm. Er hat tatsächlich seine Dating-App aufgemacht, allerdings nicht tinder, sondern grindr, was dasselbe in Grün nur für Homosexuelle ist. Ein Schwuler in Lourdes übersteigt den Sensationsgrad einer Geschiedenen ja um Längen, denkt sie lächelnd.

Er wischt ein bisschen auf seinem Display herum und ruft begeistert: »Was für ein Zufall, heute ist mein Glückstag! Chippy ist wieder online!«

»Moment mal«, sagt Kassandra. »Wenn er bei dir im Netzwerk ist, muss er ja auch in diesem Zug mitfahren!«

»Überrascht dich das?«, sagt Charly und wirft ihr einen vielsagenden Blick zu.

»Gib's zu, wie viele Dates hattest du diesmal in Lourdes?«, fragt Oki.

Aber Charly antwortet nicht, sondern textet fröhlich dem Chippy eine Message.

»Kommt, lasst uns feiern«, sagt Kassandra und nimmt die beiden mit auf die gefüllte Tanzfläche. Von der Decke leuchten bunte Scheinwerfer. Dass dieser Zug partymäßig so gut ausgestattet ist!, denkt Kassandra. Diese Boxen sind echt okay. Wer fährt mit solchen Zügen eigentlich sonst noch so durch die Gegend?

Vor ihnen ist Charly derweil auf eine der Bierbänke gesprungen, hat sein Hemd bis zum Bauchnabel aufgeknöpft und tanzt fröhlich, während er seinen Blick schweifen lässt wie ein Vogel. Neben ihm wird die Chefin auf den Biertisch gehoben. Kaum oben angekommen, fängt sie an zu tanzen, als hätte sie es an einer Stange gelernt. Die Meute ist außer sich und wendet sich ihr johlend zu, genau wie bei allen anderen, die sich bisher auf das Podest getraut haben.

Kassandra stupst Okis Nase an.

»Kannst du es glauben? Jetzt jubeln ihr die Frischlinge wieder zu. Wie passt das nur zusammen? Vor ein paar Stunden haben sie Magdalena noch einstimmig abgelehnt – und jetzt das!«[35]

»Es hat halt jeder seinen eigenen Grund, um zur Muttergottes zu fahren. Woher willst du wissen, wie Magdalenas *call* ausschaut? Niemand darf sich das Recht rausnehmen, jemand anderem den Weg zur Maria zu versperren. Wer das tut, hat nichts verstanden.«

Sie schmiegt sich noch ein bisschen näher an ihn heran.

35 *Alles passt genau zusammen, denn siehe: So habe Ich es gemacht.*

Ankunft

Mit einer Verspätung von nur 45 Minuten rollt der Sonderzug aus Lourdes in den Bahnhof ein. Die Pilger springen erleichtert aufs Gleis. Bodenwellen, diesmal für alle. Und alle, wirklich alle Menschen auf dem Bahnsteig starren sie an. Fangen an zu lachen. Viele zücken ihr Handy und machen Fotos. Ordensschwestern mit Häubchen und *Electric-Punk*-Haaren, das sieht man auch nicht alle Tage, das kommt sofort auf Instagram. Basti tobt durch die Menge auf dem Bahnsteig und zielt mit dem Finger auf die bunt-gefärbten Haare:

»Peng peng peng – ihr schaut alle aus wie Aliens!«

Sie winken dem losfahrenden Zug hinterher. Kassandra ruckelt Anke in ihrem Rollstuhl zurecht und befestigt die Gurte. Sie hängt das Zuggepäck über den Lenker. Dann über den linken Handgriff den Spielerucksack, über den rechten den Pflegerucksack, oh oh, jetzt kippt der Rollstuhl nach hinten, sie wirft sich die Rucksäcke über die Schultern. Da kommen zwei arabisch aussehende Schüler auf sie zu und fragen, ob sie zusammen ein Selfie machen können.

»Wenn, dann wir beide«, sagt Kassandra und zeigt auf Anke. Die freut sich und denkt genauso wenig wie Kassandra in diesem Moment an Datenschutz.

Jetzt kriegt diese Protestaktion ja noch mal einen ganz neuen Charakter, denkt Kassandra.

Plötzlich lässt ein ohrenbetäubendes Schreien die Luft

erzittern, alle drehen sich erschreckt um; es ist der fallsüchtige Terrorist. Er dreht seine Stirn auf dem Steinboden hin und her, hebt den Kopf, spuckt um sich, beißt sich in den Handrücken, die Knöchel werden weiß.

»Weg, weg! Geht alle weg«, ruft sein Pilger. Die Leute auf dem Bahnsteig lösen sich von der Erscheinung der bunten Pilger und gehen erschrocken weiter; die Bühne verschwindet unter ihren Füßen.

Abschiedssegen

Die Kinder, die verstehen können, was als Nächstes passiert, fangen an zu heulen.

»Will net haamgehe.«

»Ich auch nicht. Lourdes war so schön, oder? Nächstes Jahr fahren wir wieder hin, versprochen, ja?«

Doch die Tränen fließen weiter.

Kassandra geht vor dem kleinen Jungen mit Schutzhelm in die Knie, streichelt ihm über die Wange und sagt:

»Auf Wiedersehen mein Hübscher. Auf Wieder-, Wieder-, Wiedersehen!«

»Hamm hamm«, sagt das Kind, als würde es in ihrer Hand einen Schokoriegel vermuten.

»Haben Majestät Hunger?«, fragt Kassandra.

Sein Pilger schüttelt den Kopf.

»Hamm hamm kann alles bedeuten, aber auch Hunger.«

Sie gibt dem Kind einen Kuss und richtet sich wieder auf.

Priester Kurt holt zum letzten Mal seine Handpuppe raus und lässt den Esel ein paar kindgerecht aufgearbeitete Worte sprechen, die das Abschiednehmen mit Gottes Segen leichter machen. Dann singen sie: Und bis wir uns wiedersehen / /Halte Gott dich fest in seiner Hand.

Kassandra steht derweil neben Björn. Er liegt zitternd in seinem Rollstuhl und kennt sie nicht. Sie streichelt über seine Haare:

»Ich danke Gott dem Herrn, dass du noch lebst. Er soll dich behüten auf all deinen Wegen. Er lasse sein Angesicht leuchten über dir und sei dir gnädig. Teuerster Björn, du bist doch wirklich mit Abstand mein größtes Wunder von Lourdes!«

Die Rollis werden über eine Rampe in den Bus gehievt, die Kinder ein letztes Mal verabschiedet. Einige wenige werden von ihren Eltern abgeholt, die meisten fahren zurück ins Heim.

»Ich will auch ins Heim«, heult ein Mädchen, das sich nicht von ihren Spielgefährten trennen will; es aber muss, weil sie jetzt mit ihrer Mutter nach Hause fährt, wo sie auch wohnt.

»Ich will nicht ins Heim«, heult ein anderes Mädchen, das bis zuletzt gehofft hatte, ihre Mutter würde sie vom Bahnhof abholen.

Kassandra drückt Anke ein letztes Mal an sich.

Danke, dass du für eine Woche eine Mutter aus mir gemacht hast!, denkt sie.

Der LKW ist fertig beladen, das Team läuft zum Bus.

»Auf der Hinfahrt saßen wir auch nebeneinander«, sagt Kassandra und kuschelt sich zu Oki in die letzte Reihe. Noch bevor sie auf der Autobahn sind, herrscht Stille im Bus, alle schlafen. Kassandra döst mit geschlossenen Augen. Da sprudelt plötzlich vor ihrem Sichtfeld unter den Lidern ein kreisförmiges, blau-rotes Mandala hoch.

Huch, wo kommst du denn her?, denkt sie.

Kassandra hält die Augen weiter geschlossen, lässt es sprudeln, aber irgendwann wird es ihr dann doch zu bunt. Der Lichtstrom hält sie vom Schlafen ab. Sie öffnet die

Augen, schließt sie wieder, aber das Mandala leuchtet weiter und dreht sich dabei langsam im Kreis.

Ach so, denkt sie und schaut auf das blau-rote Muster des Vordersitzes, das so ähnlich funktioniert wie die Sitzbezüge in der Berliner U-Bahn. Da kommst du her! Versteh schon. Na dann lass mich jetzt mal pennen, Liebes, ich bin todmüde.

Zuhause

In der Küche des Klosterschlosses warten auf die Pilger Wildbraten mit Spätzle, erntefrische Salate, naturtrüber Saft von Äpfeln aus dem Garten, Zuckerkuchen und Kaffee mit Kaffeesahne.

Nach dem Essen versammeln sich alle im Innenhof und werden einmal noch in Gruppen eingeteilt, um den letzten Kraftakt dieser Pilgerreise zu bewältigen: das große Aufräumen und Putzen. Erst danach endet der Dienst. Vorher darf niemand abfahren. So steht es fett markiert und mit Ausrufezeichen in jedem Dienstheft. Manche tun es trotzdem und springen mit schlechtem Gewissen in große Autos. Die anderen arbeiten noch drei bis sechs Stunden weiter.

Jeder Gegenstand, der mit in Lourdes gewesen ist, muss desinfiziert werden: jede Kassette, jeder Ball, jedes Shampoo. Kassandra wischt eine Uno-Spielkarte nach der anderen ab und findet diese meditierend gleichmäßige Arbeit wohltuend. Sie hätte jetzt auch überhaupt keinen Nerv dafür, kopfüber in eine Gesellschaft zu stürzen, die nicht gerade in Lourdes gewesen ist. Außerdem hat sie doch hier alles, was sie braucht. *Alles und dich, Oki.*

Das Kofferteam brilliert beim Ausladen, sie stehen Mann an Mann in einer zehn Meter langen Wurfreihe, alle funktionieren perfekt. Kassandra steht neben dem Stapel aus Taschen und Schlafsäcken und sucht ihre Sachen. Sie will damit zu den Räumen gehen, wo sie in der ersten Nacht geschlafen hat, in einem der Hochbetten mit Plastikmatratze in Achter-Zimmern. Aber Oki hat andere Pläne, er nimmt ihre Tasche.

»Komm mit.«

Sie laufen durch einen weißgekalkten Korridor mit Deckenkreuzgewölbe. An den Wänden hängen Hirschgeweihe, über eine breite Treppe geht's hinauf in den ersten Stock, hier wirkt alles ein bisschen wohnlicher, aber weiterhin sehr alt.

»Darfst du hier echt einfach so die Zimmer verteilen wie du willst?«

Er stoppt. Schaut sie erstaunt an.

»Na, ich wohne doch hier.«

»Wie, du wohnst hier?«

Er nickt, weiß nicht, was er noch sagen soll, und läuft weiter. Kassandra muss ihm folgen oder umdrehen.

Er wohnt hier in diesem Klosterschloss? Findet sie überwältigend romantisch und hat in ihrem neuen Schlafzimmer sofort einen anderen Blick auf die französischen Stoffe, auf die Ölgemälde, auf das mit Schnitzereien verzierte Holzkastenbett, in dem mindestens zwei Personen schlafen können; hat einen anderen Blick auf alles und auf Oki.

»Ja, das ist mein Zuhause«, sagt er. »Hier bin ich aufgewachsen und hier leb ich irgendwie immer noch. Oder: jetzt wieder.«

Oki steckt voller Überraschungen, denkt sie. Was ist das nur für ein toller Typ? Warum hat er noch keine eigene Familie? *Noch, noch, noch.*

Maculata conceptio

Wenige Tage später schaut sie einem weißen Stück Zellstoff im Testgerät dabei zu, wie sich darauf langsam zwei rosafarbene Streifen abbilden. Es ist ein warmer Morgen im Frühsommer, im Baum vor ihrem Balkon zwitschern Vögel, von der Straßenkreuzung dringt Verkehrslärm herüber.

Schwanger! Hab ich's doch gewusst, denkt sie überglücklich.

MIX
Papier aus verantwortungsvollen Quellen
FSC® C083411
FSC www.fsc.org

Verlag Kiepenheuer & Witsch, FSC® N001512

1. Auflage 2019

Umschlaggestaltung: Anzinger und Rasp, München
Umschlagmotiv: © plainpicture / aurelia frey
Foto der Autorin: © Carolin Saage
Gesetzt aus der Dante
Satz: Buch-Werkstatt GmbH, Bad Aibling
Druck und Bindung: CPI books GmbH, Leck
ISBN 978-3-462-05205-3